21世紀のマルチメディアに適応した教材ソフト開発

初級II

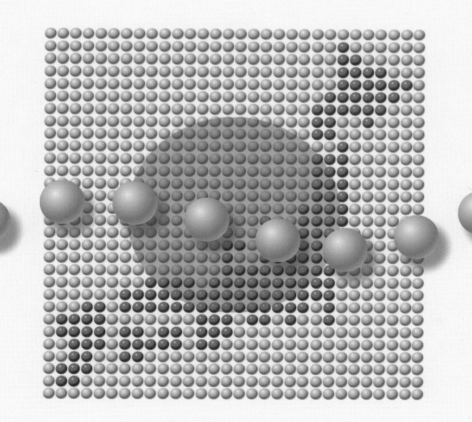

大新書局　印行

前　言

　　本教材正如 **大家的日本語** 書名一般，是爲了使初學日語的人能夠愉快地學習，指導老師也能夠教得興緻盎然，因此花了三年多的時間規劃、編寫而成，是一本足以稱爲 **新日本語的基礎** 姊妹篇的眞正日語教科書。

　　眾所周知，儘管 **新日本語的基礎** 是爲了技術研修人員開發的教科書，但作爲初級的日語教材，不但內容充實，對希望在短期內學好日語會話的學習者而言，也得到了超群的學習效果。因此現在仍在日本國內外被廣泛地使用。

　　然而，近年來日語教育逐漸呈現多樣化，隨著日本經濟和產業的發展，與各國間人際交流增加的情況中，各種背景不同目的各異的外國人融入日本社會。這種因外國人增加導致關於日語教育的社會性變化，又影響到各個日語教育場所，產生了學習需求多樣化以及因應個別需求的呼聲。

　　身處這種時期，（株）スリーエーネットワーク 爲了回應國內外長年實踐日語教育專家們的建議和要求，便編輯出版了這本 **大家的日本語**。換句話說，我們進一步充實、改進了內容，讓 **大家的日本語** 不但具備了 **新日本語的基礎** 的特點、學習項目和簡明易懂的學習方法，更在會話場面和登場人物方面選擇更爲廣泛，以因應學習者的多樣性，使日本國內外學習者不分國家和區域特性，都能愉快地學習日語。

　　大家的日本語 的對象，是在工作單位、家庭、學校、區域內等需要使用日語進行溝通的外國人。雖然是初級教材，但是在登場的外國人和日本人進行交流的場面中，都儘量反映了日本情事和日本人的社會生活及日常生活。本書主要以一般社會大眾爲對象，但是當然也可以作爲上大學的預備課程，或專門學校、大學的短期集中授課用的教材。

　　另外，本公司爲因應學習者的多樣性和滿足教育現場的各種需求，今後亦將繼續積極開發新的學習教材，盼望各位繼續給予支持和鼓勵。

　　最後，在本教材的編寫過程中，得到各方面諸多的建議、試用等大力的協助，在此深表謝意。（株）スリーエーネットワーク 希望今後也能透過日語教材的出版，將人與人之間的網路擴展到全世界。

　　尚祈各位更大的支持與鞭策。

（株）スリーエーネットワーク

社長　小川　巖

凡　例

I. 教科書的構成

大家的日本語 初級 由「初級 I」、「初級 II」（均隨教材附問題有聲 CD）、「文法解說書」、「課文中譯·問題解答」以及「有聲 CD 或錄音帶任選一種」（單字、文型、例文、會話、練習 A 、 B 、 C）構成。

本教科書以日語的聽說爲主構成，在課文前有平、片假名筆順、字源表、語調說明、五十音圖表等介紹，授課教師可依需要補充指導。

II. 教科書的內容及使用方法

1. 教材

1) 日語發音

就日語發音上必須注意的地方，舉出了主要的例子。

2) 教室的指示用語，每天的招呼及會話表現、數字

列有教室中的指示語，日常的基本招呼等使用頻率高的用語。

3) 課文

初級 I（1 課到 13 課）；初級 II（14 課到 25 課）內容區分如下：

① 單字

列出該課將學習的新單字，並附注語調及中譯。

② 句型

列出該課將學習的基本句型。

③ 例句

以小型問答的方式，顯示出基本句型實際運用的型態。另外還有新出現的副詞和接續詞的使用方法，以及基本句型以外的學習項目。

④ 會話

會話中會出現在日本生活的外國人，展現各種不同的場面對話。在各課的學習內容中，加上了日常生活中常用打招呼的習慣語。

由於都是簡單的對話，因此最好背誦全文。如果學有餘力，可以使用「單字、文法解釋」中的參考用語，擴大會話內容，提高會話表達能力。

⑤ **練習**

練習分為 A、B、C 三個階段，針對課文重點進行各種方式的廣泛練習。

練習 A：做了視覺上的設計，可以更容易了解文法上的結構。而且在力求熟習
　　　　基本句型之外，還顧慮到活用形的變化方式、接續方法等的易學易
　　　　懂。

練習 B：使用各種不同的句型練習形式，強化對基本句型的掌握，也就是按照
　　　　提示的例句進行練習的方式。帶有☞符號的號碼表示用圖表練習。

練習 C：是簡短的會話練習，目的在於學習句型實際運用的情況，如何發揮其
　　　　功能，並藉此提高會話能力上。應用上不要只是複誦，應嘗試改變範
　　　　例的代換內容、讓學習者擴大練習內容，並進而擴展會話場面。

⑥ **問題**（有 💿 及 🖳 符號的地方）

每課課後均設有「問題」單元，內有聽寫問題、文法問題和閱讀問題等。

聽寫問題：是聽有聲 CD 或錄音帶回答簡短問題，以及從簡短會話中掌握重點
　　　　的問題，這些都是為了強化聽解能力而設計的。

文法問題：在於確認語彙和文法事項的理解。

閱讀問題：閱讀使用學過的語彙、文法造出的簡單句子，再回答關於其內容的
　　　　問題。

⑦ **複習**

課文進行到某個階段時，有複習 A～E，供在學習數課之後，藉複習的習題演
練增加對句型、文法等的印象，幫助學習者整理各課的重點複習。

⑧ **總結**

在本書的最後，將書中出現的助詞、動詞的各種活用形用法、副詞和接續詞等文
法項目加以分項整理，並附有例句。

另外更加入了數字、時態、時間、日期的表達方式，量詞等課本中未列出的項
目，並做了有系統的整理。

⑨ 索引（均附注紅色標記語調符號）

初級Ⅰ（1課到13課）新單字、表現詞組，最初出現的課數也一併載出；為方便統計及複習，全部以數字編號，共要學習688個單字和表現詞組。

初級Ⅱ（14課到25課）新單字、表現詞組，最初出現的課數也一併載出；為方便統計及複習，全部以數字編號，共要學習372個單字和表現詞組。

2. 文法解說書

1) 日語特徵、日語文字、日語發音的說明

2) 從初級Ⅰ（1課到13課）及初級Ⅱ（14課到25課）兩冊的

① 關於句型及表現的文法說明

② 對該課學習有助益的參考語彙和日本情事的簡單介紹

3. 課文中譯‧問題解答

1)「課本」中的「教室用語」以及「每天的招呼語和會話表現」的翻譯。

2)「課本」最後的助詞、活用形用法，副詞以及接續詞等歸納的翻譯。

3) 從初級Ⅰ（1課到13課）及初級Ⅱ（14課到25課）兩冊的

① 句型、例句、會話的中文翻譯

②「問題」單元中有聽寫問題、文法問題和閱讀問題解答。（有 及 符號的地方）

4. 有聲CD或錄音帶學習

有聲CD或錄音帶（任選一種）的內容，收錄了各課的新單字、句型、例句、會話、練習A、練習B、練習C、練習題的聽力、聽寫部分。

聽新單字、句型、例句時注意聆聽及模仿標準語調發音、自然抑揚頓挫語感，聽練習A、B、C和會話時，則要適應自然的日語說話速度。

III. 書寫時的注意事項

1) 漢字原則上以「常用漢字表」為依據。

① 「熟字訓」（兩個字以上的漢字組合，讀法特殊者）中，在「常用漢字表」的「付表」中有的都用漢字書寫。

例：友達、果物、眼鏡

② 國名、地名等專有名詞和演藝、文化等專門領域的單字中，也使用了「常用漢字表」中沒列出的漢字和音訓。

例：大阪、奈良、歌舞伎

2) 雖然使用了「常用漢字表」及「付表」中列出的漢字，並附有假名讀音，但為了方便學習者，也有只用假名而不用漢字的。

例：ある（有る・在る）、たぶん（多分）、きのう（昨日）

3) 數字原則上使用阿拉伯數字。

例：9 時、4 月 1 日、1 つ

但是，以下情況使用漢字數字。

例：一人で、一度、一万円札

IV. 其他

1) 可以省略的詞句放在〔　〕中

　　例：父は　54〔歳〕です。
　　　　ちち　　　　　　さい

2) 有另外一種不同說法時，放在（　）內。

　　例：トイレ（お手洗い）
　　　　　　　　　　て あら

3) 「翻譯、文法解釋」中可以替換的部分用～表示。

　　例：～は　いかがですか。

　　但是，替換部分是數字時，用…表示。

　　例：…歳、…円、…時間
　　　　　さい　　えん　　じ かん

致 學 習 者 們
─有效的學習方法─

1. **熟記單字**

   本教科書裡每課都有新的單字出現。首先，應邊聽錄音帶邊記住正確的發音和語調。並且一定要用新單字練習短句造句。除了單字之外，記住在句子中的用法也很重要。

2. **做句型的練習**

   掌握句型的正確含意，反覆做「練習A、B」直到充分掌握形態。尤其是「練習B」更應該讀出聲來做練習。句型練習結束後，看「例句」來確認各種用法是否已經熟練。

3. **做會話的練習**

   句型練習之後是會話練習，「會話」提供了在日本生活的外國人日常生活中會遭遇到的各種場面。為了適應這樣的會話，首先便應以「練習C」做充分的練習。

   練習時，不要只做句型本身的練習，應繼續話題發展會話內容。進而記住會話練習中與情境相應的談話要領。

4. **反覆聽有聲CD或錄音帶**

   在做練習A、B、C及會話練習時，為了掌握正確的發音和語調，便應該邊聽錄音帶邊出聲練習。還有，為了適應日語的語音和速度，培養聽力，更應反覆傾聽有聲CD或錄音帶。

5. **一定要預習、複習**

   為了不忘記課堂上所學，上課當天就一定要複習完畢，而且最後應完成「練習題」，將當日所學做總整理。

   另外，如果有時間，應先看好下一課要學的單字和文法。做好了基本的準備之後，自然能提高下一課的學習效率。

6. **嘗試實際說話**

   並不是只有教室裡才是學習的場所，請嘗試使用學過的日語和日本人交談看看。學過的東西馬上就用才是進步的捷徑。

   按以上的方法學完本書後，就能掌握日常生活中必須的基本語彙和基本的表達方式。

目次
もくじ

－ 会話の　登場人物 －

マイク・ミラー
アメリカ、IMC の　社員

ホセ・サントス
ブラジル、ブラジルエアーの　社員

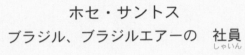

佐藤　けいこ
日本、IMC の　社員

マリア・サントス
ブラジル、主婦

カリナ
インドネシア、富士大学の　学生

ワン　シュエ
中国、神戸病院の　医者

山田　一郎
日本、IMC の　社員

山田　友子
日本、銀行員

松本　正
日本、IMC の　部長

松本　良子
まつもと　よしこ
日本、主婦
にほん　しゅふ

木村　いずみ
きむら
日本、アナウンサー
にほん

ー　その他の　登場人物　ー
た　　とうじょうじんぶつ

ワット
イギリス、さくら大学の　先生
だいがく　せんせい

シュミット
ドイツ、パワー電気の
でんき
エンジニア

テレサ
ブラジル、小学生、9歳
しょうがくせい　さい
ホセ・サントスと　マリアの　娘
むすめ

イー
韓国、AKCの　研究者
かんこく　けんきゅうしゃ

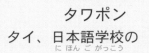

タワポン
タイ、日本語学校の　学生
にほんごがっこう　がくせい

太郎
たろう
日本、小学生、8歳
にほん　しょうがくせい　さい
山田　一郎と　友子の　息子
やまだ　いちろう　ともこ　むすこ

グプタ
インド、IMCの　社員
しゃいん

※IMC　（コンピューターの　ソフトウェアの　会社）
かいしゃ
※AKC　（アジア研究センター）
けんきゅう

15

14 梅田まで　行って　ください
うめ だ　　　　　　い

単語
たん ご

1. つけます II		打開（電燈、冷氣等）
2. けします I	消します	關掉（電燈、冷氣等）
3. あけます II	開けます	打開（門、窗等）
4. しめます II	閉めます	關閉（門、窗等）
5. いそぎます I	急ぎます	趕快，緊急
6. まちます I	待ちます	等待
7. とめます II	止めます	停止，停車
8. まがります I	曲がります	轉向〔右邊〕
［みぎへ〜］	［右へ〜］	
9. もちます I	持ちます	持有，攜帶
10. とります I	取ります	拿，持
11. てつだいます I	手伝います	幫忙，幫助
12. よびます I	呼びます	呼叫，呼喚
13. はなします I	話します	講，說
14. みせます II	見せます	出示，讓人看
15. おしえます II	教えます	告訴〔地址〕
［じゅうしょを〜］	［住所を〜］	
16. はじめます II	始めます	開始
17. ふります I	降ります	下〔雨〕
［あめが〜］	［雨が〜］	
18. コピーします III		影印
19. エアコン		冷暖氣機，空調機
20. パスポート		護照
21. なまえ	名前	名字，姓名
22. じゅうしょ	住所	地址，住址

23. ちず	地図	地圖
24. しお	塩	鹽巴
25. さとう	砂糖	砂糖
26. よみかた	読み方	唸法，讀法
27. ～かた	～方	～方式，～方法
28. ゆっくり		慢慢地
29. すぐ		馬上，立刻
30. また		再，又
31. あとで		等一下，稍後
32. もう すこし	もう 少し	再多一些
33. もう ～		再～，另外的～
34. いいですよ。		好呀。／可以呀。
35. さあ		好啦（提議做某事時用）
36. あれ？		什麼？（表示驚訝）

会 話
かい わ

1. 信号を 右へ 曲がって ください。　　請在紅綠燈處右轉。
しんごう　　みぎ　　　ま

2. まっすぐ　　　　　　　　　　　　　　　直直地

3. これで お願いします。　　　　　　　　我用這付錢。
　　　　　ねが

4. お釣り　　　　　　　　　　　　　　　　零錢
　　つ

5. 梅田　　　　　　　　　　　　　　　　　大阪的地名
　うめだ

文型
_{ぶん けい}

1. ちょっと 待って ください。
   _ま

2. ミラーさんは 今 電話を かけて います。
   _{いま でん わ}

例文
_{れい ぶん}

1. ここに 住所と 名前を 書いて ください。
   _{じゅうしょ な まえ か}
   …はい、わかりました。

2. あの シャツを 見せて ください。
   _み
   …はい、どうぞ。
   もう 少し 大きいのは ありませんか。
   _{すこ おお}
   …はい。 この シャツは いかがですか。

3. すみませんが、この 漢字の 読み方を 教えて ください。
   _{かん じ よ かた おし}
   …それは 「かきとめ」ですよ。

4. 暑いですね。 窓を 開けましょうか。
   _{あつ まど あ}
   …すみません。 お願いします。
   _{ねが}

5. 駅まで 迎えに 行きましょうか。
   _{えき むか い}
   …いいえ、けっこうです。 タクシーで 行きますから。
   _い

6. 佐藤さんは どこですか。
   _{さ とう}
   …今 会議室で 松本さんと 話して います。
   _{いま かい ぎ しつ まつもと はな}
   じゃ、また あとで 来ます。
   _き

会話　梅田まで　行って　ください
かいわ　　うめだ　　　い

カリナ：梅田まで　お願いします。
　　　　うめだ　　　　ねが

運転手：はい。
うんてんしゅ

- -

カリナ：すみません。　あの　信号を　右へ　曲がって
　　　　　　　　　　　　　　　しんごう　みぎ　　ま
　　　　ください。

運転手：右ですね。
うんてんしゅ　みぎ

カリナ：ええ。

- -

運転手：まっすぐですか。
うんてんしゅ

カリナ：ええ、まっすぐ　行って　ください。
　　　　　　　　　　　　い

- -

カリナ：あの　花屋の　前で　止めて　ください。
　　　　　　　はなや　まえ　　と

運転手：はい。
うんてんしゅ
　　　　1,800円です。
　　　　　　　えん

カリナ：これで　お願いします。
　　　　　　　　ねが

運転手：3,200円の　お釣りです。　ありがとう　ございました。
うんてんしゅ　　えん　　　つ

練習A
れんしゅう

1.

	ます形けい			て形けい		
I	か	き	ます	か	い	て
	い	き	ます	*い	っ	て
	いそ	ぎ	ます	いそ	い	で
	の	み	ます	の	ん	で
	よ	び	ます	よ	ん	で
	かえ	り	ます	かえ	っ	て
	か	ち	ます	か	っ	て
	か	し	ます	か	し	て

	ます形けい		て形けい	
II	たべ	ます	たべ	て
	ね	ます	ね	て
	おき	ます	おき	て
	かり	ます	かり	て
	み	ます	み	て
	い	ます	い	て

	ます形けい		て形けい	
III	き	ます	き	て
	し	ます	し	て
	さんぽし	ます	さんぽし	て

2. 左(ひだり)へ ｜ まがって ／ いそいで ｜ ください。

3. すみませんが、 塩(しお)を ／ 電話番号(でんわばんごう)を ｜ とって ／ おしえて ｜ ください。

4. てつだい ｜ ましょうか。
迎(むか)えに いき ／ 砂糖(さとう)を とり

5. ミラーさんは 今(いま) ｜ レポートを よんで ／ ビデオを みて ／ 日本語(にほんご)を べんきょうして ｜ います。
なにを して ………か。

練習B
れんしゅう

1. 例：　→　パスポートを　見せて　ください。
　　　　　　　　　　　　　み

　　1)　→　　　　2)　→　　　　3)　→　　　　4)　→

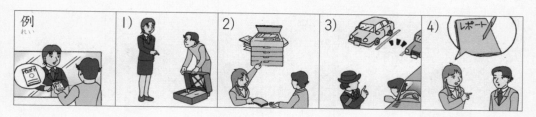

2. 例：　ちょっと　手伝います
　　れい　　　　　　てつだ

　　　　　　→　すみませんが、ちょっと　手伝って　ください。
　　　　　　　　　　　　　　　　　　　　　てつだ

　　1)　エアコンを　つけます　→

　　2)　ドアを　閉めます　→
　　　　　　　　し

　　3)　もう　少し　ゆっくり　話します　→
　　　　　　　すこ　　　　　　はな

　　4)　写真を　もう　1枚　撮ります　→
　　　　しゃしん　　　　まい　と

3. 例：　窓を　開けます（少し）　→　窓を　開けましょうか。
　　れい　まど　あ　　　すこ　　　　　　まど　あ

　　　　　　　　　　　　　　　……ええ、少し　開けて　ください。
　　　　　　　　　　　　　　　　　　すこ　あ

　　1)　これを　コピーします（5枚）　→
　　　　　　　　　　　　　　まい

　　2)　レポートを　送ります（すぐ）　→
　　　　　　　　おく

　　3)　タクシーを　呼びます（2台）　→
　　　　　　　　よ　　　だい

　　4)　あしたも　来ます（10時）　→
　　　　　　　き　　　じ

4. 例1：　電気を　消します（ええ）　→　電気を　消しましょうか。
　　れい　でんき　け　　　　　　　　でんき　け

　　　　　　　　　　　　　　　……ええ、お願いします。
　　　　　　　　　　　　　　　　　　ねが

　　例2：　手伝います（いいえ）　→　手伝いましょうか。
　　れい　てつだ　　　　　　　　てつだ

　　　　　　　　　　　　　　　……いいえ、けっこうです。

　　1)　地図を　かきます（ええ）　→
　　　　ちず

　　2)　荷物を　持ちます（いいえ）　→
　　　　にもつ　も

14

3)　エアコンを　つけます　（いいえ）　→

4)　駅まで　迎えに　行きます　（ええ）　→

5.　例：　→　今　手紙を　書いて　います。
　　1)　→　　　2)　→　　　3)　→　　　4)　→

6.　例：　山田さん　→　山田さんは　何を　して　いますか。
　　　　　　　　　　……子どもと　遊んで　います。

　　1)　ミラーさん　→　　　　2)　ワンさん　→

　　3)　カリナさん　→　　　　4)　サントスさん　→

7.　例：　カリナさんは　何を　かいて　いますか。　→　花を　かいて　います。

　　1)　山田さんは　だれと　遊んで　いますか。　→

　　2)　サントスさんは　どこで　寝て　いますか。　→

　　3)　ワンさんは　何を　読んで　いますか。　→

　　4)　ミラーさんは　だれと　話して　いますか。　→

練習C
_{れんしゅう}

1.　A：　すみません。

　　　B：　はい。

　　　A：　ちょっと　①ボールペンを　貸して　ください。
　　　　　　　　　　　　　　　　　　　　　　_か

　　　B：　②はい、どうぞ。

　　　　　1)　①　塩を　取ります
　　　　　　　　　_{しお}　_と

　　　　　　　②　はい、どうぞ

　　　　　2)　①　手伝います
　　　　　　　　　_{て つだ}

　　　　　　　②　いいですよ

　　　　　3)　①　この　荷物を　持ちます
　　　　　　　　　　　　_{に もつ}　_も

　　　　　　　②　いいですよ

2.　A：　①荷物が　多いですね。　　②1つ　持ちましょうか。
　　　　　　_{に もつ}　_{おお}　　　　　　_{ひと}　_も

　　　B：　すみません。　お願いします。
　　　　　　　　　　　　　　_{ねが}

　　　　　1)　①　暑いです
　　　　　　　　　_{あつ}

　　　　　　　②　窓を　開けます
　　　　　　　　　_{まど}　_あ

　　　　　2)　①　ちょっと　寒いです
　　　　　　　　　　　　　　_{さむ}

　　　　　　　②　エアコンを　消します
　　　　　　　　　　　　　　　_け

　　　　　3)　①　雨が　降って　います
　　　　　　　　　_{あめ}　_ふ

　　　　　　　②　タクシーを　呼びます
　　　　　　　　　　　　　　　_よ

3.　A：　さあ、会議を　始めましょう。
　　　　　　　　　_{かいぎ}　_{はじ}

　　　　　　あれ？　ミラーさんは？

　　　B：　今　電話を　かけて　います。
　　　　　　_{いま}　_{でんわ}

　　　A：　そうですか。

　　　　　　じゃ、ちょっと　待ちましょう。
　　　　　　　　　　　　　　_ま

　　　　　1)　松本さんと　話します
　　　　　　　_{まつもと}　_{はな}

　　　　　2)　東京に　レポートを　送ります
　　　　　　　_{とうきょう}　　　　　　_{おく}

　　　　　3)　コピーします

14

問題
もんだい

1. 1) _____
   2) _____
   3) _____
   4) _____
   5) _____

2. 1)

   2)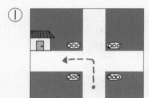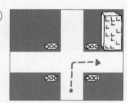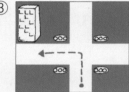

3. 1) (　　　)　　2) (　　　)　　3) (　　　)

4.

例:	書きます	書いて	7)	買います	
1)	行きます		8)	貸します	
2)	急ぎます		9)	食べます	
3)	飲みます		10)	起きます	
4)	遊びます		11)	見ます	
5)	待ちます		12)	勉強します	
6)	帰ります		13)	来ます	

5. 例： すみませんが、ボールペンを （ 貸して ） ください。

閉めます　　貸します　　待ちます　　来ます　　急ぎます

1) 時間が ありませんから、（　　　　　） ください。

2) 今 忙しいですから、また あとで （　　　　　） ください。

3) さあ、行きましょう。

　　……すみません、ちょっと （　　　　　） ください。

4) 寒いですから、ドアを （　　　　　） ください。

6. 例： 山田さんは 今 昼ごはんを （ 食べて ） います。

降ります　　泳ぎます　　食べます　　遊びます　　します

1) テレサちゃんは どこですか。

　　……2階です。 太郎君と （　　　　　） いますよ。

2) 雨が （　　　　　） いますね。 タクシーを 呼びましょうか。

3) サントスさんは 今 何を （　　　　　） いますか。

　　……プールで （　　　　　） います。

7.

手紙

　　マリアさん お元気ですか。 毎日 暑いですね。 わたしと 太郎は
今 両親の うちに います。 両親の うちは 海の 近くに
あります。 太郎は 毎日 泳ぎに 行きます。 時々 釣りも します。
ここの 魚は おいしいです。 週末に 夫も 来ます。
　　マリアさんも ホセさん、テレサちゃんと いっしょに 遊びに 来て
ください。 駅まで 車で 迎えに 行きます。
　　待って います。

山田友子

1) （　　　） 友子さんは ご主人と 太郎君と 3人で 両親の うちへ
　　来ました。

2) （　　　） 太郎君は 毎日 釣りを します。

3) （　　　） 海の 近くですから、ここの 魚は おいしいです。

4) （　　　） 友子さんは 車が ありません。

15

ご家族は？
かぞく

単語
たんご

1. たちます I	立ちます	站，立
2. すわります I	座ります	坐
3. つかいます I	使います	使用，用
4. おきます I	置きます	放置，擺放
5. つくります I	作ります、造ります	做，製造
6. うります I	売ります	賣，銷售
7. しります I	知ります	知道
8. すみます I	住みます	居住
9. けんきゅうします III	研究します	研究
10. しって　います	知って　います	知道（知道後的狀態）
11. すんで　います	住んで　います	居住〔在大阪〕
［おおさかに～］	［大阪に～］	
12. しりょう	資料	資料
13. カタログ		產品目錄
14. じこくひょう	時刻表	時刻表
15. ふく	服	衣服
16. せいひん	製品	產品，商品
17. ソフト		軟體
18. せんもん	専門	專業，專長
19. はいしゃ	歯医者	牙科醫生
20. とこや	床屋	理髮店，理髮師
21. プレイガイド		（劇場等的）門票預售處
22. どくしん	独身	單身，未婚

会話
<ruby>会<rt>かい</rt>話<rt>わ</rt></ruby>

1. 特に	尤其，特別
2. 思い出します Ⅰ	想起來
3. ご家族	您的家人
4. いらっしゃいます Ⅰ	有，在（是います的禮貌形）
5. 高校	高級中學，高中
6. 日本橋	大阪的一商業區名稱

文型
<small>ぶん けい</small>

1. 写真を 撮っても いいです。
<small>しゃしん</small> <small>と</small>

2. サントスさんは パソコンを 持って います。
<small>も</small>

例文
<small>れい ぶん</small>

1. この カタログを もらっても いいですか。
　…ええ、いいですよ。 どうぞ。

2. この 辞書を 借りても いいですか。
<small>じしょ</small> <small>か</small>
　…すみません、ちょっと……。 今 使って います。
<small>いま</small> <small>つか</small>

3. ここで 遊んでは いけません。
<small>あそ</small>
　…はい。

4. 市役所の 電話番号を 知って いますか。
<small>しやくしょ</small> <small>でん わ ばんごう</small> <small>し</small>
　…いいえ、知りません。
<small>し</small>

5. マリアさんは どこに 住んで いますか。
<small>す</small>
　…大阪に 住んで います。
<small>おおさか</small> <small>す</small>

6. ワンさんは 独身ですか。
<small>どくしん</small>
　…いいえ、結婚して います。
<small>けっこん</small>

7. お仕事は 何ですか。
<small>し ごと</small> <small>なん</small>
　…教師です。 富士大学で 教えて います。
<small>きょうし</small> <small>ふ じ だいがく</small> <small>おし</small>
　専門は？
<small>せんもん</small>
　…日本の 美術です。
<small>に ほん</small> <small>び じゅつ</small>

会 話
かいわ

ご家族は？
かぞく

ミラー：きょうの　映画は　よかったですね。
　　　　　　　えいが

木 村：ええ。　特に　あの　お父さんは　よかったですね。
きむら　　　　　　とく　　　　　とう

ミラー：ええ。　わたしは　家族を　思い出しました。
　　　　　　　　　　　　かぞく　おも　だ

木 村：そうですか。　ミラーさんの　ご家族は？
きむら　　　　　　　　　　　　　　かぞく

ミラー：両親と　姉が　１人　います。
　　　　りょうしん　あね　ひとり

木 村：どちらに　いらっしゃいますか。
きむら

ミラー：両親は　ニューヨークの　近くに　住んで　います。
　　　　りょうしん　　　　　　　ちか　　　す

　　　　姉は　ロンドンです。
　　　　あね

　　　　木村さんの　ご家族は？
　　　　きむら　　　　かぞく

木 村：３人です。　父は　銀行員です。
きむら　にん　　　　　ちち　　ぎんこういん

　　　　母は　高校で　英語を　教えて　います。
　　　　はは　こうこう　えいご　　おし

練習A
れんしゅう

1. 鉛筆で 　　　　　 かいて　も　いいですか。
   えんぴつ
   この　電話を 　　つかって
   　　　でんわ
   ここに 　　　　すわって

2. お酒を 　　　　　のんで　は　いけません。
   さけ
   ここで　写真を 　　とって
   　　　しゃしん
   ここに　自転車を 　とめて
   　　　じてんしゃ

3. わたしは　京都に 　　　　　　　すんで　います。
   　　　　きょうと
   　　　　マリアさんを 　　　　しって
   　　　　　　　　　　　　けっこんして

4. ミラーさんは　IMCで 　　　　　　　　　はたらいて　います。
   　　　　　　会社で　英語を 　　　　　おしえて
   　　　　　かいしゃ　えいご
   　　　　　日本語学校で　日本語を　べんきょうして
   　　　　　にほんごがっこう　にほんご

練習B
れんしゅう

1. 例： パソコンを　使います
   れい
   　　　　→　パソコンを　使っても　いいですか。
   　　　　　　　　　　　　つか

   1) 帰ります　→
      かえ
   2) テレビを　消します　→
      　　　　　け
   3) たばこを　吸います　→
      　　　　　す
   4) 窓を　開けます　→
      まど　あ

2. 例： ここで
   れい
   　　　　→　ここで　たばこを　吸っては　いけません。
   　　　　　　　　　　　　　　　　す

   1) ここで　→
   2) ここで　→
   3) ここに　→
   4) ここに　→

3. 例１：　→　この　傘を　借りても　いいですか。
   れい　　　　　　　かさ　か
   　　　　……ええ、いいですよ。　どうぞ。
   例２：　→　たばこを　吸っても　いいですか。
   れい　　　　　　　　　　す
   　　　　……すみません。　ちょっと……。

   1)　→　　　　2)　→　　　　3)　→　　　　4)　→

4. 例1: ミラーさんを 知って いますか。(はい)

　　　→ はい、知って います。

　　例2: ミラーさんは 車を 持って いますか。(いいえ)

　　　→ いいえ、持って いません。

　　1) ミラーさんは 結婚して いますか。(いいえ) →

　　2) ミラーさんは 大阪に 住んで いますか。(はい) →

　　3) ミラーさんは 自転車を 持って いますか。(はい) →

　　4) ミラーさんの 住所を 知って いますか。(いいえ) →

5. 例: どこで 安い 電気製品を 売って いますか。(大阪の 日本橋)

　　　→ 大阪の 日本橋で 売って います。

　　1) IMCは 何を 作って いますか。(コンピューターソフト) →

　　2) あの 店で 何を 売って いますか。(古い 服) →

　　3) さくら大学は どこの コンピューターを 使って いますか。

　　　(パワー電気) →

　　4) どこで コンサートの チケットを 売って いますか。

　　　(プレイガイド) →

6. 例: シュミットさん・どこ・働きますか (パワー電気)

　　　→ シュミットさんは どこで 働いて いますか。

　　　……パワー電気で 働いて います。

　　1) イーさん・何・研究しますか (経済) →

　　2) 山田友子さん・どこ・働きますか (アップル銀行) →

　　3) カリナさん・何・勉強しますか (美術) →

　　4) ワットさん・どこ・教えますか (さくら大学) →

練習C
れんしゅう

1. A： この　カタログ、もらっても　いいですか。

   B： ええ、どうぞ。

   A： どうも。

   1) 資料
      しりょう

   2) 地図
      ち　ず

   3) 時刻表
      じ　こくひょう

2. A： 山田さんの　電話番号を　知って　いますか。
      やま　だ　　　　でん　わ　ばんごう　　　し

   B： ええ。

   A： すみませんが、教えて　ください。
                    おし

   1) 松本さんの　住所
      まつもと　　　じゅうしょ

   2) 安い　床屋
      やす　とこや

   3) いい　歯医者
          は　いしゃ

3. A： お名前は？
      な　まえ

   B： ①ミラーです。

   A： お仕事は？
      し　ごと

   B： ②会社員です。
      かいしゃいん

   ③コンピューターの　会社で　働いて　います。
                   かいしゃ　はたら

   1) ① ワット　　② 教師
                     きょうし

   　　③ 大学で　英語を　教えます
         だいがく　えいご　　おし

   2) ① カリナ　　② 学生
                     がくせい

   　　③ 富士大学で　勉強します
         ふ　じ　だいがく　べんきょう

   3) ① ワン　　② 医者
                     いしゃ

   　　③ 神戸の　病院で　働きます
         こう　べ　びょういん　はたら

問題
もんだい

1. 1) ＿＿＿＿＿＿＿＿＿＿＿＿＿＿＿＿＿＿＿＿＿＿＿＿＿＿
   2) ＿＿＿＿＿＿＿＿＿＿＿＿＿＿＿＿＿＿＿＿＿＿＿＿＿＿
   3) ＿＿＿＿＿＿＿＿＿＿＿＿＿＿＿＿＿＿＿＿＿＿＿＿＿＿
   4) ＿＿＿＿＿＿＿＿＿＿＿＿＿＿＿＿＿＿＿＿＿＿＿＿＿＿
   5) ＿＿＿＿＿＿＿＿＿＿＿＿＿＿＿＿＿＿＿＿＿＿＿＿＿＿

2. 1) (　　　)　　　2) (　　　)　　　3) (　　　)
   4) (　　　)　　　5) (　　　)

3.

例：	食べて	食べます	5)	借りて	
1)	休んで		6)	迎えて	
2)	食事して		7)	待って	
3)	来て		8)	話して	
4)	書いて		9)	止めて	

4. 例： この　辞書、借りても　いいですか。
   ……すみません、今　使って　いますから。

> 店の　前です　　わたしのじゃ　ありません　　今　使って　います
> 映画を　見たいです　　市役所へ　外国人登録に　行きます

1) ここに　車を　止めても　いいですか。
   ……すみません、＿＿＿＿＿＿＿＿＿＿から。

2) ＿＿＿＿＿＿＿＿＿＿から　あしたの　午後　休んでも　いいですか。
   ……ええ、いいですよ。

3) ＿＿＿＿＿＿＿＿＿＿から　テレビを　つけても　いいですか。
   ……どうぞ。

4) この　傘、使っても　いいですか。
   ……すみません、＿＿＿＿＿＿＿＿＿＿から。

5.　例１：　日本で　20歳から　たばこを　（　吸います→　吸っても　いいです　）。

　　例２：　エレベーターで　（　遊びます→　遊んでは　いけません　）。

　　1)　図書館で　食べ物を　（　食べます→　　　　　　　　　　　）。

　　2)　先生、終わりました。

　　　　……じゃ、（　帰ります→　　　　　　　　　　　）。

　　3)　試験ですから、隣の　人と　（　話します→　　　　　　　　　　　）。

　　4)　子どもは　お酒を　（　飲みます→　　　　　　　　　　　）。

6.　例：　ミラーさんは　IMCで　（　働いて　）　います。

| 持ちます | 作ります | ~~働きます~~ | 結婚します | 住みます |

　　1)　ミラーさんは　大阪に　（　　　　　　　　）　います。

　　2)　IMCは　コンピューターソフトを　（　　　　　　　　）　います。

　　3)　ミラーさんは　（　　　　　　　　）　いません。　独身です。

　　4)　ミラーさんは　パソコンを　（　　　　　　　　）　います。

7.

わたしは　だれですか

　　わたしは　とても　寒い　所に　住んで　います。　わたしは　赤い　服が　好きです。　赤い　服は　暖かいです。　わたしは　1年に　1日だけ　働きます。　それは　12月　24日です。　24日の　夜　すてきな　プレゼントを　いろいろな　国の　子どもに　あげます。　わたしは　独身ですから、子どもが　いません。　でも　世界の　子どもは　みんな　わたしを　知って　います。　そして　12月　24日の　夜　わたしの　プレゼントを　待って　います。　わたしは　この　仕事が　とても　好きです。

　　例：　この　人の　うちは　どんな　所に　ありますか。

　　　　……寒い　所に　あります。

　　1)　この　人は　結婚して　いますか。……

　　2)　この　人は　いつ　仕事を　しますか。……

　　3)　この　人の　名前を　知って　いますか。……

　　4)　あなたも　この　人に　プレゼントを　もらいましたか。……

16 使い方を 教えて ください
つか かた おし

単語
たん ご

1. のります I	乗ります	搭乘〔電車〕
[でんしゃに～]	[電車に～]	
2. おります II	降ります	下〔電車〕
[でんしゃを～]	[電車を～]	
3. のりかえます II	乗り換えます	換車
4. あびます II	浴びます	沖〔淋浴〕
[シャワーを～]		
5. いれます II	入れます	放入，放進
6. だします I	出します	拿出，取出
7. はいります I	入ります	進入，上〔大學〕
[だいがくに～]	[大学に～]	
8. でます II	出ます	出，〔大學〕畢業
[だいがくを～]	[大学を～]	
9. やめます II		停止，放棄，辭〔職〕
[かいしゃを～]	[会社を～]	
10. おします I	押します	推，按
11. わかい	若い	年輕的
12. ながい	長い	長的
13. みじかい	短い	短的
14. あかるい	明るい	明亮的
15. くらい	暗い	昏暗的
16. せが たかい	背が 高い	個子高的
17. あたまが いい	頭が いい	頭腦好的，聰明的
18. からだ	体	身體
19. あたま	頭	頭
20. かみ	髪	頭髮
21. かお	顔	臉
22. め	目	眼睛
23. みみ	耳	耳朵
24. くち	口	嘴巴
25. は	歯	牙齒

26.	おなか		肚子
27.	あし	足	腳，腿
28.	サービス		服務
29.	ジョギング		慢跑（～を　します：慢跑）
30.	シャワー		淋浴
31.	みどり	緑	綠色，綠意
32.	［お］てら	［お］寺	寺廟
33.	じんじゃ	神社	神社
34.	りゅうがくせい	留学生	留學生
35.	…ばん	…番	…號
36.	どうやって		怎樣，如何
37.	どの～		哪個～（用於三者或以上）
38.	［いいえ、］まだまだです。		〔不，〕還不行。還差得遠。

会話
かい　わ

1.	お引き出しですか。	您提款嗎？
2.	まず	首先
3.	キャッシュカード	提款卡，金融卡
4.	暗証番号	密碼
5.	次に	然後，下個步驟
6.	金額	金額
7.	確認	確認（～します：進行確認）
8.	ボタン	按鈕
9.	JR	日本民營鐵路
10.	アジア	亞洲
11.	バンドン	萬隆（印尼的地名）
12.	ベラクルス	韋拉克魯斯（墨西哥的地名）
13.	フランケン	弗朗肯（德國的地名）
14.	ベトナム	越南
15.	フエ	順化（越南的地名）
16.	大学前	大學前（虛構的公共汽車站名）

文型
_{ぶん けい}

1. 朝　ジョギングを　して、シャワーを　浴びて、会社へ
_{あさ}　　　　　　　　　　　　　　　_あ　　　　_{かいしゃ}
   行きます。
   _い
2. コンサートが　終わってから、レストランで　食事を
_お　　　　　　　　　　_{しょくじ}
   しました。
3. 大阪は　食べ物が　おいしいです。
_{おおさか}　_{た　もの}
4. この　パソコンは　軽くて、便利です。
_{かる}　　_{べん り}

例文
_{れい ぶん}

1. きのう　何を　しましたか。
_{なに}
   …図書館へ　行って、本を　借りて、それから　友達に
   _{と しょかん}　_い　　_{ほん}　_か　　　　　　　　　_{ともだち}
   会いました。
   _あ
2. 大学まで　どうやって　行きますか。
_{だいがく}　　　　　　　　_い
   …京都駅から　16番の　バスに　乗って、大学前で　降ります。
   _{きょうと えき}　　_{ばん}　　　　　_の　　_{だいがくまえ}　_お
3. 国へ　帰ってから、何を　しますか。
_{くに}　_{かえ}　　　_{なに}
   …父の　会社で　働きます。
   _{ちち}　_{かいしゃ}　_{はたら}
4. サントスさんは　どの　人ですか。
_{ひと}
   …あの　背が　高くて、髪が　黒い　人です。
   _せ　_{たか}　_{かみ}　_{くろ}　_{ひと}
5. 奈良は　どんな　町ですか。
_{なら}　　　　　_{まち}
   …静かで、きれいな　町です。
   _{しず}　　　　　　_{まち}
6. あの　人は　だれですか。
_{ひと}
   …カリナさんです。　インドネシア人で、富士大学の
   _{じん}　　_{ふ じ だいがく}
   留学生です。
   _{りゅうがく せい}

会話　　使い方を　教えて　ください
かいわ　　　　つか　かた　　おし

マリア：　すみませんが、ちょっと　使い方を　教えて　ください。
　　　　　　　　　　　　　　　　つか　かた　　おし

銀行員：　お引き出しですか。
ぎんこういん　ひ　だ

マリア：　そうです。

銀行員：　じゃ、まず　ここを　押して　ください。
ぎんこういん　　　　　　　　　　　お

マリア：　はい。

銀行員：　キャッシュカードは　ありますか。
ぎんこういん

マリア：　はい、これです。

銀行員：　それを　ここに　入れて、暗証番号を　押して
ぎんこういん　　　　　　　　い　　　　あんしょうばんごう　　お
　　　　　　ください。

マリア：　はい。

銀行員：　次に　金額を　押して　ください。
ぎんこういん　つぎ　きんがく　　お

マリア：　5万円ですが、5……。
　　　　　まんえん

銀行員：　この　「万」「円」を　押します。
ぎんこういん　　　まん　えん　　　お
　　　　　　それから　この　確認ボタンを　押して　ください。
　　　　　　　　　　　　　　かくにん　　　　　　お

マリア：　はい。　どうも　ありがとう　ございました。

練習A
れんしゅう

1. あした　神戸へ　　いって、　映画を　　　　みて、　買い物します。
　　きのう　本を　　　よんで、　手紙を　　　かいて、　寝ました。
　　日曜日　10時ごろ　おきて、　　　　　さんぽして、　食事します。

2. 電話を　かけて　から、　友達の　うちへ　行きます。
　　仕事が　おわって　　　泳ぎます。
　　うちへ　かえって　　　晩ごはんを　食べました。

3. カリナさんは　せ　が　　たかい　です。
　　　　　　　　め　　　おおきい
　　　　　　　　かみ　　みじかい

4. ミラーさんは　　　わかくて、　元気です。
　　頭が　　　　　　よくて、　　おもしろいです。
　　　　　　　　　ハンサムで、　親切です。
　　　　　　　　　28さいで、　独身です。

練習B
れんしゅう

1. 例： 日曜日　名古屋へ　行きます・友達に　会います
にちようび　なごや　い　　　ともだち　あ
　　→　日曜日　名古屋へ　行って、友達に　会います。
にちようび　なごや　い　　　ともだち　あ

　1)　市役所へ　行きます・外国人登録を　します　→
しやくしょ　い　　　がいこくじんとうろく

　2)　昼　１時間　休みます・午後　5時まで　働きます　→
ひる　じかん　やす　　　ごご　じ　　　はたら

　3)　京都駅から　JRに　乗ります・大阪で　地下鉄に　乗り換えます　→
きょうとえき　　　の　　　おおさか　ちかてつ　の　か

　4)　サンドイッチを　買いました・大阪城公園で　食べました　→
か　　　おおさかじょうこうえん　た

2. 例：　→　6時に　起きて、散歩して、それから　朝ごはんを　食べました。
れい　　　じ　お　　さんぽ　　　　　あさ　　　た

　1)　→　　　　　　2)　→　　　　　　3)　→

3. 例： 電話を　かけます・友達の　うちへ　行きます
れい　でんわ　　　　ともだち　　　　い
　　→　電話を　かけてから、友達の　うちへ　行きます。
でんわ　　　　　ともだち　　　　い

　1)　銀行で　お金を　出します・買い物に　行きます　→
ぎんこう　かね　だ　　　か　もの　い

　2)　仕事が　終わります・飲みに　行きませんか　→
しごと　お　　　の　　い

　3)　お金を　入れます・ボタンを　押して　ください　→
かね　い　　　　　　お

　4)　日本へ　来ました・日本語の　勉強を　始めました　→
にほん　き　　　にほんご　べんきょう　はじ

4. 例： 大学を　出ます（外国へ　行きます・働きます）
れい　だいがく　で　　がいこく　い　　はたら
　　→　大学を　出てから、何を　しますか。
だいがく　で　　　なに
　　……外国へ　行って、働きます。
がいこく　い　　はたら

1) お寺を 見ます（奈良公園へ 行きます・昼ごはんを 食べます）　→

2) 会社を やめます（アジアを 旅行します・本を 書きます）　→

3) 国へ 帰ります（大学に 入ります・国の 経済を 勉強します）　→

4) 研究が 終わります（アメリカへ 帰ります・大学で 働きます）　→

5. 例1： この カメラ・大きい・重い

　　　　→ この カメラは 大きくて、重いです。

　　例2： ミラーさん・ハンサム・親切

　　　　→ ミラーさんは ハンサムで、親切です。

1) わたしの 部屋・狭い・暗い　→

2) 沖縄の 海・青い・きれい　→

3) 東京・にぎやか・おもしろい　→

4) ミラーさん・28歳・独身　→

6. 例： マリアさんは どの 人ですか。（あの・髪が 長い・きれい）

　　　　→ あの 髪が 長くて、きれいな 人です。

1) サントスさんは どの 人ですか。（あの・髪が 黒い・目が 大きい）　→

2) ミラーさんは どんな 人ですか。（背が 高い・すてき）　→

3) 奈良は どんな 町ですか。（静か・緑が 多い）　→

4) 北海道は どんな 所ですか。（きれい・食べ物が おいしい）　→

7. 例： きのうの パーティーは どうでしたか。（にぎやか・楽しい）

　　　　→ にぎやかで、楽しかったです。

1) 大阪は どうですか。（車が 多い・緑が 少ない）　→

2) 寮は どうですか。（部屋が きれい・明るい）　→

3) 旅行は どうでしたか。（天気が いい・楽しい）　→

4) ホテルは どうでしたか。（静か・サービスが いい）　→

練習C
れんしゅう

1. A： きのうは　どこか　行きましたか。

   B： ええ、京都へ　行きました。
   きょうと　い

   A： そうですか。　京都へ　行って、何を　しましたか。
   きょうと　い　なに

   B： 友達に　会って、①食事して、それから　いっしょに
   ともだち　あ　しょくじ
   ②お寺を　見ました。
   てら　み

   1) ① 美術館へ　行きます
   びじゅつかん　い
   ② 喫茶店で　話します
   きっさてん　はな
   2) ① お茶を　飲みます
   ちゃ　の
   ② 公園を　散歩します
   こうえん　さんぽ
   3) ① 古い　神社を　見ます
   ふる　じんじゃ　み
   ② 買い物に　行きます
   か　もの　い

2. A： 日本語が　上手ですね。　どのくらい　勉強しましたか。
   にほんご　じょうず　べんきょう

   B： 1年ぐらいです。　日本へ　来てから、始めました。
   ねん　にほん　き　はじ

   A： そうですか。　すごいですね。

   B： いいえ、まだまだです。

   1) 大学を　出ます
   だいがく　で
   2) この　会社に　入ります
   かいしゃ　はい
   3) 結婚します
   けっこん

3. A： ①インドネシアの　バンドンから　来ました。
   き

   B： ①バンドン？　どんな　所ですか。
   ところ

   A： そうですね。　②緑が　多くて、きれいな　所です。
   みどり　おお　ところ

   1) ① メキシコの　ベラクルス
   ② 海が　近いです
   うみ　ちか
   2) ① ドイツの　フランケン
   ② ワインが　有名です
   ゆうめい
   3) ① ベトナムの　フエ
   ② お寺が　たくさん　あります
   てら

問題
もんだい

1. 1) _____

   2) _____

   3) _____

   4) _____

   5) _____

2. 1) ① 　② 　③

   2) ① 　② 　③

3. 1) (　　　)　　　2) (　　　)　　　3) (　　　)

4. 例: ミラーさんは　背（ が ）高いです。
   れい　　　　　　　せ　　　　たか

   1) 国へ　帰ってから、大学（　　）入って、経済の　研究を　します。
      くに　かえ　　　　　だいがく　　　　はい　けいざい　けんきゅう

   2) 大阪駅から　JR（　　）乗って、京都駅で　降ります。
      おおさかえき　　　　　の　　きょうとえき　お

   3) 京都で　古い　お寺（　　）見ました。
      きょうと　ふる　　てら　　　み

   4) 日本は　山（　　）多いです。
      にほん　やま　　　おお

   5) 北海道は　きれいで、食べ物（　　）おいしいです。
      ほっかいどう　　　　　た　もの

   6) 会社（　　）やめてから、何を　しますか。
      かいしゃ　　　　　　　なに

   7) ジョギングを　して、シャワー（　　）浴びて、学校へ　行きます。
      　　　　　　　　　　　　　　　　あ　　がっこう　い

   8) 大学（　　）出てから、父の　会社（　　）働きます。
      だいがく　　で　　ちち　かいしゃ　　　はたら

5. 例： 窓を （ 閉めて ）、電気を 消して、寝ました。

> ~~閉めます~~ 出します 乗ります 浴びます 行きます 乗り換えます

1) デパートへ （　　　）、買い物して、それから 映画を 見ます。
2) 銀行で お金を （　　　） から、買い物に 行きます。
3) 日本橋から 地下鉄に （　　　）、大阪駅で JRに （　　　）、
甲子園で 降ります。
4) シャワーを （　　　） から、プールに 入って ください。

6. 例： 奈良は 緑が （ 多くて ）、きれいな 町です。

> いいです ~~多いです~~ 軽いです にぎやかです 学生です

1) カリナさんは 富士大学の （　　　）、美術を 勉強して います。
2) 佐藤さんは 頭が （　　　）、すてきな 人です。
3) 新しい パソコンは （　　　）、便利です。
4) 東京は （　　　）、おもしろい 町です。

7.

> 大阪、神戸、京都、奈良

　大阪は 大きい 町です。 ビルや 車や 人が 多くて、
にぎやかです。 神戸と 京都と 奈良は 大阪から 近いです。
京都と 奈良は 古い お寺や 神社が たくさん ありますから、
外国人も たくさん 遊びに 来ます。
　神戸は 古い 物が あまり ありませんが、町の うしろに 山が、
前に 海が あって、すてきな 町です。 若い 人は 神戸が
好きです。
　大阪に 空港が 2つ あります。 新しい 空港は 海の 上に
あって、広くて きれいです。

1) （　　　） 大阪は 古い お寺が たくさん あって、静かな 町です。
2) （　　　） 京都と 奈良で 外国人を たくさん 見ます。
3) （　　　） 神戸の 近くに 海と 山が あります。
4) （　　　） 大阪の 新しい 空港は きれいですが、狭いです。

17 どう しました か

単語
たんご

1. おぼえます II	覚えます	記住
2. わすれます II	忘れます	忘記
3. なくします I		遺失，丟失
4. だします I	出します	提出〔報告〕
［レポートを～］		
5. はらいます I	払います	支付，付款
6. かえします I	返します	歸還，還
7. でかけます II	出かけます	出門，外出
8. ぬぎます I	脱ぎます	脱（衣服、鞋等）
9. もって いきます I	持って 行きます	帶（某物）去
10. もって きます III	持って 来ます	帶（某物）來
11. しんぱいします III	心配します	擔心
12. ざんぎょうします III	残業します	加班
13. しゅっちょうします III	出張します	出差
14. のみます I	飲みます	吃〔藥〕，服〔藥〕
［くすりを～］	［薬を～］	
15. はいります I	入ります	洗澡
［おふろに～］		
16. たいせつ［な］	大切［な］	重要〔的〕
17. だいじょうぶ［な］	大丈夫［な］	放心，沒關係〔的〕
18. あぶない	危ない	危險的
19. もんだい	問題	問題
20. こたえ	答え	回答
21. きんえん	禁煙	禁菸

22. ［けんこう］　ほけんしょう

| | ［健康］保険証 | 健保卡 |

23. かぜ　　　　　　　　　　　　　　　　　　　　感冒

24. ねつ　　　　　　　　熱　　　　　　　　　　發燒

25. びょうき　　　　　　病気　　　　　　　　　病，生病

26. くすり　　　　　　　薬　　　　　　　　　　藥

27. ［お］ふろ　　　　　　　　　　　　　　　　洗澡

28. うわぎ　　　　　　　上着　　　　　　　　　上衣，外衣

29. したぎ　　　　　　　下着　　　　　　　　　內衣褲

30. せんせい　　　　　　先生　　　　　　　　　醫師（對醫生的稱呼）

31. 2、3にち　　　　　2、3日　　　　　　　兩三天

32. 2、3〜　　　　　　　　　　　　　　　　　二三〜（用於不定數量的計算）

33. 〜までに　　　　　　　　　　　　　　　　　在〜之前（表示時間的期限）

34. ですから　　　　　　　　　　　　　　　　　所以，因此

会 話
かい　わ

1. どう　しましたか。　　　　　　　　　　　你怎麼了。

2. ［〜が］痛いです。　　　　　　　　　　　〔〜〕痛。
　　　　　いた

3. のど　　　　　　　　　　　　　　　　　　喉嚨

4. お大事に。　　　　　　　　　　　　　　　請多保重。（對生病的人說）
　　だいじ

文型
ぶんけい

1. ここで　写真を　撮らないで　ください。
　　しゃしん　　と

2. パスポートを　見せなければ　なりません。
　　　　　　　　み
　　　　　　　　（見せないと　いけません）
　　　　　　　　　み

3. レポートは　出さなくても　いいです。
　　　　　　　だ

例文
れいぶん

1. そこに　車を　止めないで　ください。
　　　　　くるま　と
　　…すみません。

2. 先生、お酒を　飲んでも　いいですか。
　　せんせい　さけ　の
　　…いいえ、2、3日　飲まないで　ください。
　　　　　　　　　にち　の
　　はい、わかりました。

3. 今晩　飲みに　行きませんか。
　　こんばん　の　い
　　…すみません。　きょうは　妻と　約束が　あります。
　　　　　　　　　　　　　　　つま　やくそく
　　　ですから、早く　帰らなければ　なりません。
　　　　　　　　はや　かえ

4. レポートは　いつまでに　出さなければ　なりませんか。
　　　　　　　　　　　　　だ
　　…金曜日までに　出して　ください。
　　　きんようび　　だ

5. 子どもも　お金を　払わなければ　なりませんか。
　　こ　　かね　はら
　　…いいえ、払わなくても　いいです。
　　　　　　はら

会話
（かいわ）

どう　しましたか

医　者（いしゃ）：どう　しましたか。

松　本（まつもと）：きのうから　のどが　痛くて、熱も　少し　あります。
（いた）　（ねつ）（すこ）

医　者（いしゃ）：そうですか。　ちょっと　口を　開けて　ください。
（くち）（あ）

医　者（いしゃ）：かぜですね。　ゆっくり　休んで　ください。
（やす）

松　本（まつもと）：あのう、あしたから　東京へ　出張しなければ
（とうきょう）（しゅっちょう）
なりません。

医　者（いしゃ）：じゃ、薬を　飲んで、きょうは　早く　寝て　ください。
（くすり）（の）（はや）（ね）

松　本（まつもと）：はい。

医　者（いしゃ）：それから　今晩は　おふろに　入らないで　ください。
（こんばん）（はい）

松　本（まつもと）：はい、わかりました。

医　者（いしゃ）：じゃ、お大事に。
（だいじ）

松　本（まつもと）：どうも　ありがとう　ございました。

練習A
<small>れんしゅう</small>

1.

	ます形<small>けい</small>			ない形<small>けい</small>		
Ⅰ	す	い	ます	す	わ	ない
	い	き	ます	い	か	ない
	いそ	ぎ	ます	いそ	が	ない
	はな	し	ます	はな	さ	ない
	ま	ち	ます	ま	た	ない
	よ	び	ます	よ	ば	ない
	の	み	ます	の	ま	ない
	かえ	り	ます	かえ	ら	ない

	ます形<small>けい</small>		ない形<small>けい</small>	
Ⅱ	たべ	ます	たべ	ない
	いれ	ます	いれ	ない
	い	ます	い	ない
	おき	ます	おき	ない
	あび	ます	あび	ない
	み	ます	み	ない
	かり	ます	かり	ない
	おり	ます	おり	ない

	ます形<small>けい</small>		ない形<small>けい</small>	
Ⅲ	き	ます	こ	ない
	し	ます	し	ない
	しんぱい し	ます	しんぱい し	ない

2.
たばこを	すわ	ないで　ください。
パスポートを	なくさ	
傘を<small>かさ</small>	わすれ	

3.
本を<small>ほん</small>	かえさ	なければ　なりません。
薬を<small>くすり</small>	のま	
ざんぎょうし		

4.
名前を<small>な まえ</small>	かか	なくても　いいです。
靴を<small>くつ</small>	ぬが	
あした	こ	

5.
レポート	は	あした　書きます。<small>か</small>
資料<small>し りょう</small>		ファクスで　送って　ください。<small>おく</small>
コピー		松本さんに　見せなければ　なりません。<small>まつもと</small> <small>み</small>

練習 B
れんしゅう

1. 例： ここに　→　ここに　自転車を　置かないで　ください。
   じてんしゃ　　お

   1)　ここに　→　　　　　　　2)　ここに　→

   3)　ここで　→　　　　　　　4)　ここで　→

2. 例： 禁煙です・たばこを　吸いません
   れい　きんえん　　　　　　　　す

   →　禁煙ですから、たばこを　吸わないで　ください。
   きんえん　　　　　　　　　　す

   1)　危ないです・押しません　→
   あぶ　　　　お

   2)　大丈夫です・心配しません　→
   だいじょうぶ　しんぱい

   3)　大切な　資料です・なくしません　→
   たいせつ　しりょう

   4)　図書館の　本です・何も　書きません　→
   としょかん　ほん　なに　か

3. 例： 早く　うちへ　帰ります
   れい　はや　　　かえ

   →　早く　うちへ　帰らなければ　なりません。
   はや　　　かえ

   1)　毎日　漢字を　6つ　覚えます　→
   まいにち　かんじ　むっ　おぼ

   2)　パスポートを　見せます　→
   み

   3)　市役所へ　外国人登録に　行きます　→
   しやくしょ　がいこくじんとうろく　い

   4)　土曜日までに　本を　返します　→
   どようび　　ほん　かえ

4. 例： 何時までに　寮へ　帰りますか（12時）
   れい　なんじ　りょう　かえ　　　じ

   →　何時までに　寮へ　帰らなければ　なりませんか。
   なんじ　りょう　かえ

   ……12時までに　帰らなければ　なりません。
   じ　　　　　かえ

   1)　何曜日までに　その　本を　返しますか（水曜日）　→
   なんようび　　　　ほん　かえ　　　すいようび

   2)　何枚　レポートを　書きますか（15）　→
   なんまい　　　　か

   3)　毎日　いくつ　問題を　しますか（10）　→
   まいにち　　　もんだい

   4)　1日に　何回　薬を　飲みますか（3）　→
   にち　なんかい　くすり　の

5. 例： タクシーを 呼びません → タクシーを 呼ばなくても いいです。

    1) きょうは 食事を 作りません →

    2) あしたは 病院へ 来ません →

    3) 傘を 持って 行きません →

    4) ここで 靴を 脱ぎません →

6. 例1： 用事が あります・出かけます

      → 用事が ありますから、出かけなければ なりません。

   例2： 悪い 病気じゃ ありません・心配しません

      → 悪い 病気じゃ ありませんから、心配しなくても いいです。

    1) 熱が あります・病院へ 行きます →

    2) 会社の 人は 英語が わかりません・日本語で 話します →

    3) あしたは 休みです・早く 起きません →

    4) あまり 暑くないです・エアコンを つけません →

7. 例1： 来週 出張します （はい）

      → 来週 出張しなければ なりませんか。

       ……はい、出張しなければ なりません。

   例2： レポートを 出します （いいえ）

      → レポートを 出さなければ なりませんか。

       ……いいえ、出さなくても いいです。

    1) パスポートを 持って 行きます （はい） →

    2) 今 お金を 払います （いいえ） →

    3) 今晩 残業します （はい） →

    4) あしたも 来ます （いいえ） →

8. 例： ここに 荷物を 置かないで ください

      → 荷物は ここに 置かないで ください。

    1) ボールペンを 使わないで ください →

    2) ここに 答えを 書いて ください →

    3) 外で たばこを 吸って ください →

    4) 嫌いな 物を 食べなくても いいです →

練習C
れんしゅう

1. A： 先生、おふろに 入っても いいですか。
   せんせい　　　　　　　　はい

   B： いいえ、2、3日 入らないで ください。
   にち　はい

   A： はい、わかりました。

   1) シャワーを 浴びます
   あ

   2) お酒を 飲みます
   さけ　　の

   3) スポーツを します

2. A： ①昼ごはんを 食べに 行きませんか。
   ひる　　　　　た　　　い

   B： すみません。

   これから ②病院へ 行かなければ なりません。
   びょういん　　い

   1) ① ビールを 飲みます
   の

   　 ② 出かけます
   で

   2) ① 野球を します
   やきゅう

   　 ② レポートを 書きます
   か

   3) ① サッカーを 見ます
   み

   　 ② 空港へ 友達を 迎えに 行きます
   くうこう　ともだち　むか　　い

3. A： ①来週の 月曜日に 来て ください。
   らいしゅう　げつようび　き

   ②今週は ①来なくても いいです。
   こんしゅう　　こ

   B： はい、わかりました。

   1) ① 上着を 脱ぎます
   うわぎ　ぬ

   　 ② 下着
   したぎ

   2) ① 薬は 朝だけ 飲みます
   くすり　あさ　　の

   　 ② 夜
   よる

   3) ① この カードを 持って 来ます
   も　　き

   　 ② 保険証
   ほけんしょう

問題
もんだい

1. 1) ＿＿＿＿＿＿＿＿＿＿＿＿＿＿＿＿＿＿＿
   2) ＿＿＿＿＿＿＿＿＿＿＿＿＿＿＿＿＿＿＿
   3) ＿＿＿＿＿＿＿＿＿＿＿＿＿＿＿＿＿＿＿
   4) ＿＿＿＿＿＿＿＿＿＿＿＿＿＿＿＿＿＿＿
   5) ＿＿＿＿＿＿＿＿＿＿＿＿＿＿＿＿＿＿＿

2. 1) （　　） 2) （　　） 3) （　　）
   4) （　　） 5) （　　）

3.

例： 読みます	読まない	8) 忘れます	
1) 行きます		9) 覚えます	
2) 脱ぎます		10) （6時に）起きます	
3) 返します		11) 借ります	
4) 持ちます		12) 見ます	
5) 呼びます		13) します	
6) 入ります		14) 心配します	
7) 払います		15) （日本へ）来ます	

4. 例： ここは　禁煙ですから、たばこを　（　吸わないで　）　ください。

| 開けます　行きます　心配します　~~吸います~~　なくします　入ります |

1) 危ないですから、そちらへ　（　　　）　ください。
2) この　資料は　大切ですから、（　　　）　ください。
3) 寒いですから、窓を　（　　　）　ください。
4) 熱が　ありますから、おふろに　（　　　）　ください。
5) 寮の　生活は　楽しいですから、（　　　）　ください。

5. 例1： 会社を 休みますから、電話を （ かけます→ かけなければ なりません）。

例2： 土曜日は 休みですから、会社へ （ 行きます→ 行かなくても いいです）。

1) 肉や 魚は 冷蔵庫に （ 入れます→　　　　　　　　　　）。

2) あしたは 病院へ （ 来ます→　　　　　　　　　）。
   あさって 来て ください。

3) 日本の うちで 靴を （ 脱ぎます→　　　　　　　　　　）。

4) 本を （ 返します→　　　　　　　）から、これから 図書館へ
   行きます。

5) レポートは きょう （ 出します→　　　　　　　　）。
   来週の 月曜日までに 出して ください。

6.

日本語の 試験

12月9日 （月曜日） 午前9：00〜12：00

① 8時40分までに 教室に 入って ください。

② 机の 番号を 見て、あなたの 番号の 所に 座って ください。

③ 鉛筆と 消しゴムだけ 机の 上に 置いて ください。

④ 「問題」は 全部で 9枚 あります。 いちばん 上の 紙に
　 あなたの 番号と 名前を 書いて ください。

⑤ 答えは 鉛筆で 書いて ください。 ボールペンは 使わないで
　 ください。

1) （　　　） 8時40分までに 教室へ 来なければ なりません。

2) （　　　） 机の 番号を 確認して、座ります。

3) （　　　） 机の 上に かばんを 置いても いいです。

4) （　　　） 「問題」の 紙に あなたの 番号は 書かなくても
　　　　　　　 いいです。

5) （　　　） 答えは 鉛筆で 書かなければ なりません。

18

趣味は　何ですか
しゅみ　　　なん

単語
たん　ご

1. できます Ⅱ		會，能夠，可以
2. あらいます Ⅰ	洗います	洗
3. ひきます Ⅰ	弾きます	彈（鋼琴等）
4. うたいます Ⅰ	歌います	唱
5. あつめます Ⅱ	集めます	收集
6. すてます Ⅱ	捨てます	丟掉，捨棄
7. かえます Ⅱ	換えます	交換，變換
8. うんてんします Ⅲ	運転します	駕駛
9. よやくします Ⅲ	予約します	預約
10. けんがくします Ⅲ	見学します	參觀，見習
11. ピアノ		鋼琴
12. …メートル		…公尺
13. こくさい～	国際～	國際～
14. げんきん	現金	現金
15. しゅみ	趣味	愛好，嗜好
16. にっき	日記	日記
17. ［お］いのり	［お］祈り	祈禱（～を　します：祈禱）
18. かちょう	課長	課長，科長
19. ぶちょう	部長	經理，部長
20. しゃちょう	社長	總經理，社長

会 話
かい わ

1. 動物
   どうぶつ

   動物

2. 馬
   うま

   馬

3. へえ

   眞的嗎！（表示驚訝）

4. それは　おもしろいですね。

   那一定很有意思。

5. なかなか

   不容易（用於否定）

6. 牧場
   ぼく じょう

   牧場

7. ほんとうですか。

   眞的嗎？

8. ぜひ

   務必

9. ビートルズ

   披頭四，英國著名的樂團

文型

1. ミラーさんは　漢字を　読む　ことが　できます。
2. わたしの　趣味は　映画を　見る　ことです。
3. 寝る　まえに、日記を　書きます。

例文

1. スキーが　できますか。
　　…はい、できます。　でも、あまり　上手じゃ　ありません。

2. マリアさんは　パソコンを　使う　ことが　できますか。
　　…いいえ、できません。

3. 大阪城は　何時まで　見学が　できますか。
　　…5時までです。

4. カードで　払う　ことが　できますか。
　　…すみませんが、現金で　お願いします。

5. 趣味は　何ですか。
　　…古い　時計を　集める　ことです。

6. 日本の　子どもは　学校に　入る　まえに、ひらがなを
　　覚えなければ　なりませんか。
　　…いいえ、覚えなくても　いいです。

7. 食事の　まえに、この　薬を　飲んで　ください。
　　…はい、わかりました。

8. いつ　結婚しましたか。
　　…3年まえに、結婚しました。

会話　　趣味は　何ですか
かいわ　　しゅみ　　なん

山　田：サントスさんの　趣味は　何ですか。
やま　だ　　　　　　　　しゅみ　　なん

サントス：写真です。
しゃしん

山　田：どんな　写真を　撮りますか。
やま　だ　　　　しゃしん　　と

サントス：動物の　写真です。　特に　馬が　好きです。
どうぶつ　しゃしん　　とく　うま　す

山　田：へえ、それは　おもしろいですね。
やま　だ

　　　　日本へ　来てから、馬の　写真を　撮りましたか。
にほん　き　　うま　しゃしん　　と

サントス：いいえ。

　　　　日本では　なかなか　馬を　見る　ことが
にほん　　　　　　うま　　み

　　　　できません。

山　田：北海道に　馬の　牧場が　たくさん　ありますよ。
やま　だ　ほっかいどう　うま　ぼくじょう

サントス：ほんとうですか。

　　　　じゃ、夏休みに　ぜひ　行きたいです。
なつやす　　　　い

練習A
れんしゅう

1.

	ます形		辞書形	
I	か	い ます	か	う
	か	き ます	か	く
	およ	ぎ ます	およ	ぐ
	はな	し ます	はな	す
	た	ち ます	た	つ
	よ	び ます	よ	ぶ
		み ます		む
	はい	り ます	はい	る

	ます形		辞書形	
II	ね	ます	ね	る
	たべ	ます	たべ	る
	おき	ます	おき	る
	み	ます	み	る
	かり	ます	かり	る

	ます形		辞書形	
III		き ます		くる
		し ます		する
	うんてん	し ます	うんてん	する

2.　ミラーさんは

	にほんご が できます。
	くるまの うんてん
漢字を	よむ こと
ピアノを	ひく こと

3.　ここで

	コピー が できます。
	ホテルの よやく
切符を	かう こと
お金を	かえる こと

4.　わたしの 趣味は

	スポーツ です。
	りょこう
写真を	とる こと
本を	よむ こと

5.

	まえに、	本を 読みます。
	ねる	日本語を 勉強しました。
日本へ	くる	手を 洗います。
	しょくじの	プレゼントを 買います。
	クリスマスの	
	５ねん	日本へ 来ました。

練習B
れんしゅう

1. 例： テニス → ミラーさんは テニスが できます。
   れい
   1) 運転 →   2) 料理 →
      うんてん   りょうり
   3) サッカー →   4) ダンス →

2. 例1： → ひらがなを 書く ことが できますか。
   れい   か
   　　　　　……はい、できます。
   例2： → 漢字を 読む ことが できますか。
   れい   かんじ よ
   　　　　　……いいえ、できません。

   1) →   2) →   3) →   4) →

3. 例1： 新幹線で 食事（はい） → 新幹線で 食事が できますか。
   れい しんかんせん しょくじ   しんかんせん しょくじ
   　　　　　　　　　　　　　　　……はい、できます。

   例2： カードで 払います（いいえ）
   れい   はら
   　→ カードで 払う ことが できますか。
   　　　　　　 はら
   　　　　　……いいえ、できません。

   1) 寮の 部屋で 料理（いいえ） →
      りょう へや りょうり
   2) 電話で 飛行機の 予約（はい） →
      でんわ ひこうき よやく
   3) 図書館で 辞書を 借ります（いいえ） →
      としょかん じしょ か
   4) ホテルから バスで 空港へ 行きます（はい） →
               くうこう い

4. 例： どんな 外国語を 話しますか（英語）
   れい   がいこくご はな   えいご
   　→ どんな 外国語を 話す ことが できます。
   　　　 がいこくご はな
   　　　……英語を 話す ことが できます。
   　　　　えいご はな

   1) 何メートルぐらい 泳ぎますか（100メートルぐらい） →
      なん   およ
   2) どんな 料理を 作りますか（てんぷら） →
            りょうり つく
   3) どのくらい 本を 借りますか（2週間） →
              ほん か   しゅうかん
   4) 何時まで 車を 止めますか（夜 10時） →
      なんじ くるま と   よる じ

5. 例：　→　趣味は　何ですか。

　　　　　　……絵を　かく　ことです。

　　　1)　→　　　　2)　→　　　　3)　→　　　　4)　→

6. 例：　→　寝る　まえに、お祈りを　します。

　　1)　→　　　　2)　→　　　　3)　→　　　　4)　→

7. 例：　この　薬を　飲みます（寝ます）

　　　　　→　いつ　この　薬を　飲みますか。

　　　　　……寝る　まえに、飲みます。

　　1)　ジョギングを　します（会社へ　行きます）　→

　　2)　その　カメラを　買いました（日本へ　来ます）　→

　　3)　資料を　コピーします（会議）　→

　　4)　国へ　帰ります（クリスマス）　→

　　5)　日本へ　来ました（5年）　→

　　6)　荷物を　送りました（3日）　→

練習C
れんしゅう

1.　A：①この　電話で　国際電話を　かける　ことが　できますか。
　　　　　　でんわ　こくさいでんわ

　　B：いいえ。　すみませんが、②あちらの　電話で　かけて　ください。
　　　　　　　　　　　　　　　　　　　　　　　でんわ

　　A：そうですか。

　　　　1)　①　この　カードで　払います
　　　　　　　　　　　　　　　はら
　　　　　②　現金で　払います
　　　　　　　げんきん　はら
　　　　2)　①　部屋で　ビデオを　見ます
　　　　　　　へや　　　　　　み
　　　　　②　ロビーの　テレビで　見ます
　　　　　　　　　　　　　　　　み
　　　　3)　①　ここで　新幹線の　切符を　買います
　　　　　　　　　　しんかんせん　きっぷ　か
　　　　　②　駅で　買います
　　　　　　　えき　か

2.　A：趣味は　何ですか。
　　　　しゅみ　なん

　　B：①映画を　見る　ことです。
　　　　　えいが　み

　　A：どんな　①映画を　見ますか。
　　　　　　　　　えいが　み

　　B：②フランス映画です。
　　　　　　　　　えいが

　　A：そうですか。

　　　　1)　①　歌を　歌います　　②　ビートルズの　歌
　　　　　　　うた　うた　　　　　　　　　　　　　うた
　　　　2)　①　絵を　かきます　　②　山の　絵
　　　　　　　え　　　　　　　　　　やま　え
　　　　3)　①　写真を　撮ります　　②　花の　写真
　　　　　　　しゃしん　と　　　　　　　はな　しゃしん

3.　A：この　①資料、②会議室へ　持って　行きましょうか。
　　　　　　　しりょう　かいぎしつ　も　　い

　　B：あ、ちょっと　待って　ください。
　　　　　　　　　　　　ま

　　　　②持って　行く　まえに、
　　　　　も　　　い

　　　　③部長に　見せて　ください。
　　　　　ぶちょう　み

　　A：はい。

　　　　1)　①　レポート　　　②　きょう　出します
　　　　　　　　　　　　　　　　　　　　だ
　　　　　③　コピーします
　　　　2)　①　資料　　　　　②　東京に　送ります
　　　　　　　しりょう　　　　　とうきょう　おく
　　　　　③　課長に　見せます
　　　　　　　かちょう　み
　　　　3)　①　カタログ　　　②　もう　捨てます
　　　　　　　　　　　　　　　　　　　す
　　　　　③　ここを　コピーします

問題
もんだい

I. 1) _____
   2) _____
   3) _____
   4) _____
   5) _____

2. 1) (　　) 　　2) (　　) 　　3) (　　)
   4) (　　) 　　5) (　　)

3.

例:	泳ぎます	泳ぐ	8)	集めます	
1)	弾きます		9)	捨てます	
2)	話します		10)	見ます	
3)	持ちます		11)	浴びます	
4)	遊びます		12)	します	
5)	飲みます		13)	運転します	
6)	入ります		14)	(日本へ) 来ます	
7)	歌います		15)	持って 来ます	

4. 例: 100メートル (×) 泳ぐ こと (が) できます。

   1) 車 (　　) 運転 (　　) できます。

   2) 漢字 (　　) 50ぐらい 書く こと (　　) できます。

   3) 会議 (　　) まえに、資料を コピーしなければ なりません。

   4) 2年 (　　) まえに、大学を 出ました。

5. 例: わたしは ピアノを (弾く) ことが できます。

   かきます　　換えます　　乗ります　　弾きます　　予約します

   1) わたしは 自転車に (　　) ことが できません。

   2) 電話で 飛行機の チケットを (　　) ことが できます。

3) 趣味は　絵を　（　　　　）　ことです。

4) どこで　お金を　（　　　　）　ことが　できますか。

6. 例１：　友達の　うちへ　（　行きます　→　行く　まえに　）、電話を
　　　　かけます。

例２：　仕事が　（　終わります　→　終わってから　）、飲みに　行きます。

1) 朝　うちで　コーヒーを　（　飲みます　→　　　　　　　　　）、会社へ
行きます。

2) 料理を　（　始めます　→　　　　　　　　　）、手を　洗います。

3) 夜　（　寝ます　→　　　　　　　　　）、日記を　書きます。

4) 銀行で　お金を　（　出します　→　　　　　　　　　）、買い物に
行きました。

7.

子ども図書館

本の　借り方
・受付で　カードを　作って　ください。
・受付へ　本を　持って　来て、カードを　見せて　ください。
・本は　２週間　借りる　ことが　できます。
・辞書と　新聞と　新しい　雑誌は　借りる　ことが　できません。
コピーが　できます　（２枚　10円）
・図書館の　本を　コピーする　ことが　できます。
・コピーは　受付で　しますから、本を　受付へ　持って　来て
ください。

1) （　　　）本を　借りる　まえに、受付で　カードを　作らなければ
なりません。

2) （　　　）１週間まえに、本を　借りましたから、きょう　返さなければ
なりません。

3) （　　　）古い　雑誌を　借りる　ことが　できます。

4) （　　　）図書館の　本を　コピーしては　いけません。

19 ダイエットは　あしたから　します

単語
たんご

1.	のぼります　I	登ります	登，爬〔山〕
	［やまに～］	［山に～］	
2.	とまります　I	泊まります	住〔飯店〕
	［ホテルに～］		
3.	そうじします　III	掃除します	打掃
4.	せんたくします　III	洗濯します	洗衣服
5.	れんしゅうします　III	練習します	練習
6.	なります　I		成爲
7.	ねむい	眠い	想睡的，睏的
8.	つよい	強い	強的
9.	よわい	弱い	弱的
10.	ちょうしが　いい	調子が　いい	情況好的
11.	ちょうしが　わるい	調子が　悪い	情況差的
12.	ちょうし	調子	情況，狀態
13.	ゴルフ		高爾夫球（～を　します：打高爾夫球）
14.	すもう	相撲	相撲
15.	パチンコ		小鋼珠（～を　します：打小鋼珠）
16.	おちゃ	お茶	茶道
17.	ひ	日	日，日子
18.	いちど	一度	一次
19.	いちども	一度も	連一次也（表否定）
20.	だんだん		逐漸地
21.	もうすぐ		馬上
22.	おかげさまで		託您的福（略帶感謝意思的客氣說法）

会話
かいわ

1.	乾杯 かんぱい	乾杯
2.	実は じつ	老實說，說真的
3.	ダイエット	瘦身，減肥（〜を　します：進行減肥）
4.	何回も なんかい	多次
5.	しかし	但是，可是
6.	無理［な］ む　り	不可能〔的〕，難做到〔的〕
7.	体に　いい からだ	對身體好的
8.	ケーキ	蛋糕
9.	葛飾北斎 かつしか ほくさい	江戶時代的浮世繪畫家 (1760 〜 1849)

文型
ぶんけい

1. 相撲を　見た　ことが　あります。
   すもう　　み
2. 休みの　日は　テニスを　したり、散歩に　行ったり　します。
   やす　　ひ　　　　　　　　　　　　さんぽ　　い
3. これから　だんだん　暑く　なります。
   　　　　　　　　　あつ

例文
れいぶん

1. 北海道へ　行った　ことが　ありますか。
   ほっかいどう　い
   …はい、一度　あります。　2年まえに　友達と　行きました。
   　　　いちど　　　　　　　ねん　　　ともだち　い
2. 馬に　乗った　ことが　ありますか。
   うま　の
   …いいえ、一度も　ありません。　ぜひ　乗りたいです。
   　　　　いちど　　　　　　　　　　の
3. 冬休みは　何を　しましたか。
   ふゆやす　なに
   …京都の　お寺や　神社を　見たり、友達と　パーティーを
   きょうと　　てら　じんじゃ　み　　ともだち
   したり　しました。
4. 日本で　何を　したいですか。
   にほん　なに
   …旅行を　したり、お茶を　習ったり　したいです。
   りょこう　　　　　ちゃ　　なら
5. 体の　調子は　どうですか。
   からだ　ちょうし
   …おかげさまで　よく　なりました。
6. 日本語が　上手に　なりましたね。
   にほんご　じょうず
   …ありがとう　ございます。　でも、まだまだです。
7. テレサちゃんは　何に　なりたいですか。
   　　　　　　　　なん
   …医者に　なりたいです。
   いしゃ

会話　ダイエットは　あしたから　します

皆（みな）：乾杯（かんぱい）。

松本良子（まつもとよしこ）：マリアさん、あまり　食（た）べませんね。

マリア：ええ。　実（じっ）は　きのうから　ダイエットを　しています。

松本良子（まつもとよしこ）：そうですか。　わたしも　何回（なんかい）も　ダイエットを　した　ことが　あります。

マリア：どんな　ダイエットですか。

松本良子（まつもとよしこ）：毎日（まいにち）　りんごだけ　食（た）べたり、水（みず）を　たくさん　飲（の）んだり　しました。

松本部長（まつもとぶちょう）：しかし、無理（むり）な　ダイエットは　体（からだ）に　よくないですよ。

マリア：そうですね。

松本良子（まつもとよしこ）：マリアさん、この　ケーキ、おいしいですよ。

マリア：そうですか。

　　　　……。　ダイエットは　また　あしたから　します。

練習A
_{れんしゅう}

1.

I	ます形_{けい}			た形_{けい}		
	かき	ます		かい	た	
	いき	ます		*いっ	た	
	いそぎ	ます		いそい	だ	
	のみ	ます		のん	だ	
	よび	ます		よん	だ	
	とまり	ます		とまっ	た	
	かい	ます		かっ	た	
	まち	ます		まっ	た	
	はなし	ます		はなし	た	

II	ます形_{けい}		た形_{けい}	
	たべ	ます	たべ	た
	でかけ	ます	でかけ	た
	おき	ます	おき	た
	あび	ます	あび	た
	でき	ます	でき	た
	み	ます	み	た

III	ます形_{けい}		た形_{けい}	
	き	ます	き	た
	し	ます	し	た
	せんたくし	ます	せんたくし	た

2. わたしは

沖縄へ _{おきなわ}	いった
富士山に _{ふ じ さん}	のぼった
すしを	たべた

ことが あります。

3. 毎晩
_{まいばん}

テレビを	みたり、	本を _{ほん}	よんだ
手紙を _{て がみ}	かいた	音楽を _{おんがく}	きいた
日本語を _{にほんご}	べんきょうした	パソコンで	あそんだ

り します。

4. テレサちゃんは

せが たか	く	なりました。
きれい	に	
10さい	に	

練習B
れんしゅう

1. 例： → 広島へ 行った ことが あります。
   れい　　　 ひろしま　　い

   1) →　　　　2) →　　　　3) →　　　　4) →

2. 例： カラオケに 行きます （いいえ）
   れい　　　　　　　い

   → カラオケに 行った ことが ありますか。
   　　　　　　　い

   ……いいえ、ありません。

   1) お茶を 習います （はい） →
   　　ちゃ　なら

   2) 馬に 乗ります （いいえ） →
   　　うま　の

   3) 日本人の うちに 泊まります （はい） →
   　　にほんじん　　　　と

   4) インドネシア料理を 食べます （いいえ、一度も） →
   　　　　　　　りょうり　た　　　　　　　　いちど

3. 例： 日曜日 → 日曜日は 掃除したり、洗濯したり します。
   れい　にちようび　　　にちようび　そうじ　　　せんたく

   1) 夜 →　　　　　　　　　　　2) 休みの 日 →
   　　よる　　　　　　　　　　　　　　やす　ひ

   3) きのう →　　　　　　　　　4) おととい →

4. 例：　土曜日は　何を　しますか。（散歩します・ビデオを　見ます）
　　　　→　散歩したり、ビデオを　見たり　します。

1) 休みの　日は　何を　しますか。
　　（ゴルフの　練習を　します・うちで　本を　読みます）　→

2) パーティーで　何を　しますか。
　　（ダンスを　します・歌を　歌います）　→

3) 冬休みは　何を　したいですか。
　　（スキーに　行きます・友達と　パーティーを　します）　→

4) 出張の　まえに、何を　しなければ　なりませんか。
　　（資料を　作ります・レポートを　送ります）　→

5. 例1：　→　寒く　なりました。
　　例2：　→　病気に　なりました。

1)　→　　　　　　　　2)　→　　　　　　　　3)　→

4)　→　　　　　　　　5)　→　　　　　　　　6)　→

6. 例：　毎日　練習しました・日本語が　上手です
　　　　→　毎日　練習しましたから、日本語が　上手に　なりました。

1) 甘い　物を　たくさん　食べました・歯が　悪いです　→

2) スポーツを　しませんでした・体が　弱いです　→

3) 会社を　やめました・暇です　→

4) うちで　ゆっくり　休みました・元気です　→

練習C
れんしゅう

1. A： ①新幹線に 乗った ことが ありますか。
　　　　しんかんせん　　の
   B： ええ、あります。
   A： どうでしたか。
   B： とても ②速かったです。
　　　　　　　　はや
   1) ① 生け花を します
　　　　　い　ばな
   　　② 楽しいです
　　　　　　たの
   2) ① 牛どんを 食べます
　　　　　ぎゅう　　　　た
   　　② おいしいです
   3) ① パチンコを します ② おもしろいです

2. A： もうすぐ 夏休みですね。
　　　　　　　　なつやす
   B： ええ。
   A： 夏休みは 何を したいですか。
　　　なつやす　なに
   B： そうですね。 ①馬に 乗ったり、②釣りを したり したいです。
　　　　　　　　　　うま　　の　　　　つ
   A： いいですね。
   1) ① 山に 登ります
　　　　　やま　のぼ
   　　② 海で 泳ぎます
　　　　　うみ　およ
   2) ① 本を 読みます
　　　　　ほん　よ
   　　② スポーツを します
   3) ① 絵を かきます
　　　　　え
   　　② 音楽を 聞きます
　　　　　おんがく　き

3. A： ①暑く なりましたね。
　　　　あつ
   B： そうですね。 もう ②夏ですね。
　　　　　　　　　　　　　　　なつ
   A： ことしは ぜひ ③泳ぎに 行きたいですね。
　　　　　　　　　　　　およ　い
   B： ええ。
   1) ① 涼しい ② 秋
　　　　　すず　　　　　あき
   　　③ 紅葉を 見に 行きます
　　　　　もみじ　み　い
   2) ① 寒い ② 冬
　　　　　さむ　　　　　ふゆ
   　　③ スキーに 行きます
　　　　　　　　　い
   3) ① 暖かい ② 春
　　　　　あたた　　　　　はる
   　　③ 花見に 行きます
　　　　　はなみ　い

問題
もんだい

1. 1) _____
   2) _____
   3) _____
   4) _____

2. 1) （　　） 2) （　　） 3) （　　）
   4) （　　） 5) （　　）

3.

例：	書きます	書いた	8)	乗ります	
1)	行きます		9)	消します	
2)	働きます		10)	食べます	
3)	泳ぎます		11)	寝ます	
4)	飲みます		12)	見ます	
5)	遊びます		13)	降ります	
6)	持ちます		14)	散歩します	
7)	買います		15)	来ます	

4. 例： ミラーさんは　日本語（　が　）　上手に　なりました。
   1) 沖縄へ　行った　こと（　　　）　ありますか。
   2) ことし　18歳（　　　）　なります。
   3) ホテルは　高いですから、友達の　うち（　　　）　泊まります。
   4) たばこは　体（　　　）　よくないです。

5. 例： 日本は　初めてですか。
   ……いいえ、3年まえに、一度　（　来た　）　ことが　あります。

| 掃除します　　来ます　　聞きます　　買い物に　行きます |
| かきます　　見ます　　行きます |

1) ミラーさん、行き方が わかりますか。

……ええ、一度 （　　　　）ことが ありますから、大丈夫です。

2) 太郎君は うちの 仕事を 手伝いますか。

……ええ、（　　　　）り、（　　　　）り しますよ。

3) 趣味は 何ですか。

……絵を （　　　　）り、音楽を （　　　　）り する ことです。

4) 歌舞伎は おもしろいですか。

……わたしは 歌舞伎を （　　　　）ことが ありませんから…。

6. 例：（ 寒く ）なりましたね。 エアコンを つけましょうか。

きれい	暗い	寒い	雨	眠い

1) 掃除しましたから、部屋が （　　　　）なりました。

2) 日本は 冬 5時ごろ （　　　　）なります。

3) おなかが いっぱいです。（　　　　）なりました。

4) 朝は いい 天気でしたが、午後から （　　　　）なりました。

7.

富士山

　富士山を 見た ことが ありますか。富士山は 3,776メートルで、
日本で いちばん 高い 山です。 静岡県と 山梨県の 間に
あります。 冬は 雪が 降って、白く なります。 夏も 山の 上に
雪が あります。 7月と 8月だけ 富士山に 登る ことが できます。
山の 上に 郵便局が あって、手紙を 出したり、電話を かけたり
する ことが できます。

　夏と 秋、いい 天気の 朝 富士山は 赤く なります。 とても
きれいですから、日本人は 写真を 撮ったり、絵を かいたり します。
葛飾北斎の 赤い 富士山の 絵は 有名です。

1) （　　　　）富士山は 世界で いちばん 高い 山です。

2) （　　　　）夏は 富士山で 雪を 見る ことが できません。

3) （　　　　）富士山に 電話も 郵便局も あります。

復習 C
ふくしゅう

1. 例： ファクス（ で ）レポートを 送ります。
おく

 1) 雨（　　　）降って います。
 あめ　　　　　　ふ

 2) 今 グプタさんは 部長（　　　）話して います。
 いま　　　　　　　　ぶちょう　　　　　はな

 3) イーさんは パソコン（　　　）持って います。
 も

 4) この ファクス（　　　）使い方（　　　）教えて ください。
 つか　かた　　　　　　　おし

 5) わたしは 神戸（　　　）住んで います。
 こうべ　　　　　す

 6) ここ（　　　）車を 止めても いいですか。
 くるま　と

 7) 7番の バス（　　　）乗って、大学前で 降ります。
 ばん　　　　　　　　の　　だいがくまえ　　お

 8) サントスさんは 背（　　　）高くて、髪（　　　）黒いです。
 せ　　　　たか　　　かみ　　　　くろ

 9) カードを ここ（　　　）入れます。
 い

 10) あの 信号（　　　）右（　　　）曲がって ください。
 しんごう　　　みぎ　　　　ま

 11) ワンさんは 運転（　　　）できます。
 うんてん

 12) カード（　　　）払う こと（　　　）できますか。
 はら

 13) 食事（　　　）まえに、手を 洗って ください。
 しょくじ　　　　　　て　あら

 14) スポーツは 体（　　　）いいです。
 からだ

 15) 弟は 医者（　　　）なりました。
 おとうと　いしゃ

2. 例： ちょっと （待ちます→ 待って ）ください。
れい　　　　　　　ま

 1) あの 喫茶店に （入ります→　　　　　）ませんか。
 きっさてん　　　はい
  ……ええ、そう （します→　　　　　）ましょう。

 2) コンピューターの 会社で （働きます→　　　　　）たいです。
 かいしゃ　　はたら

 3) 駅へ 友達を （迎えます→　　　　　）に 行きます。
 えき　ともだち　　むか

 4) 日本へ （勉強します→　　　　　）に 来ました。
 にほん　べんきょう

 5) すみませんが、ボールペンを （貸します→　　　　　）ください。
 か

 6) 今 電話を （かけます→　　　　　）います。
 いま　でんわ

 7) エアコンを （つけます→　　　　　）ましょうか。

 8) この 電話を （使います→　　　　　）も いいですか。
 でんわ　　つか

 9) マリアさんは （結婚します→　　　　　）います。
 けっこん

 10) 京都で 彼女に （会います→　　　　　）、映画を
 きょうと　かのじょ　　あ　　　　　　　えいが
  （見ます→　　　　　）、それから お茶を 飲みました。
 み　　　　　　　　　　　　　ちゃ　　の

 11) 昼ごはんを （食べます→　　　　　）から、公園を 散歩します。
 ひる　　　　　た　　　　　　　　こうえん　さんぽ

 12) ここで 写真を （撮ります→　　　　　）ないで ください。
 しゃしん　と

 13) 現金で （払います→　　　　　）なければ なりません。
 げんきん　はら

 14) あしたは （来ます→　　　　　）なくても いいです。
 き

15) どのくらい （泳ぎます→　　　　） ことが できますか。

16) 趣味は 絵を （かきます→　　　　） ことです。

17) この 会社に （入ります→　　　　） まえに、自動車の 会社で
働いて いました。

18) 新幹線に （乗ります→　　　　） ことが ありません。

19) 休みの 日は 手紙を （書きます→　　　　）り、音楽を
（聞きます→　　　　）り します。

20) タワポンさんは （頭が いいです→　　　　）、おもしろい 人です。

21) 奈良は （静かです→　　　　）、きれいな 町です。

22) パソコンが （安いです→　　　　） なりました。

23) スキーが （上手です→　　　　） なりました。

3. 例：佐藤さんは 今 部長と $\left\{ \begin{array}{l} \text{a．話します。} \\ \text{b．話して います。} \end{array} \right\}$

1) この 時刻表を $\left\{ \begin{array}{l} \text{a．もらいましょうか。} \\ \text{b．もらっても いいですか。} \end{array} \right\}$
……はい、どうぞ。

2) 暑いですね。 窓を 開けましょうか。
…… $\left\{ \begin{array}{l} \text{a．ええ、開けます。} \\ \text{b．ええ、開けて ください。} \end{array} \right\}$

3) わたしは ミラーさんの 住所を $\left\{ \begin{array}{l} \text{a．知って います。} \\ \text{b．知ります。} \end{array} \right\}$

4) 飲み物は $\left\{ \begin{array}{l} \text{a．食事が 終わってから、} \\ \text{b．食事が 終わって、} \end{array} \right\}$ 持って 来て ください。

5) パーティーは どうでしたか。
…… $\left\{ \begin{array}{l} \text{a．にぎやかで、楽しかったです。} \\ \text{b．にぎやかで、楽しいです。} \end{array} \right\}$

6) 毎日 来なければ なりませんか。
…… $\left\{ \begin{array}{l} \text{a．いいえ、毎日 来なくても いいです。} \\ \text{b．いいえ、毎日 来ないで ください。} \end{array} \right\}$

7) ミラーさんは スペイン語を $\left\{ \begin{array}{l} \text{a．話す ことが できません。} \\ \text{b．話しては いけません。} \end{array} \right\}$

8) 歌舞伎を 見た ことが ありますか。
…… $\left\{ \begin{array}{l} \text{a．はい、見ます。} \\ \text{b．はい、あります。} \end{array} \right\}$

20 夏休みは どう するの？
なつやす

単語
たんご

1. いります Ⅰ 　　[ビザが〜]	要ります	需，需要〔簽證〕
2. しらべます Ⅱ	調べます	調査
3. なおします Ⅰ	直します	修理，改正
4. しゅうりします Ⅲ	修理します	修理
5. でんわします Ⅲ	電話します	打電話
6. ぼく	僕	我（男性用語，不如"わたし"禮貌）
7. きみ	君	你（男性對晚輩或同輩用，不如"あなた"禮貌）
8. 〜くん	〜君	〜君（男性稱呼晚輩或同輩用，不如"さん"禮貌）
9. うん		是，對（不如"はい"禮貌）
10. ううん		不是，不對（不如"いいえ"禮貌）
11. サラリーマン		薪水階級，上班族
12. ことば		單字，語言
13. ぶっか	物価	物價
14. きもの	着物	和服（傳統的日本服裝）
15. ビザ		簽證
16. はじめ	初め	開始
17. おわり	終わり	結束
18. こっち		這邊（不如"こちら"禮貌）
19. そっち		那邊（不如"そちら"禮貌）
20. あっち		那邊（不如"あちら"禮貌）
21. どっち		哪邊（不如"どちら"禮貌）
22. このあいだ	この間	日前，前些天

23. みんなで	大家一起
24. ～けど	但是（不如"が"正式）

会 話
かい わ

1. 国へ　帰るの？	你要回國嗎？
2. どう　するの？	你準備怎麼做？
3. どう　しようかな。	我該怎麼做呢？
4. よかったら	如果方便的話，如果你願意
5. いろいろ	各式各樣

文型
ぶんけい

1. サントスさんは　パーティーに　来なかった。
2. 日本は　物価が　高い。
3. 沖縄の　海は　きれいだった。
4. きょうは　僕の　誕生日だ。

例文
れいぶん

1. アイスクリーム［を］　食べる？
　　…うん、食べる。
2. そこに　はさみ［が］　ある？
　　…ううん、ない。
3. きのう　木村さんに　会った？
　　…ううん、会わなかった。
4. あした　みんなで　京都［へ］　行かない？
　　…うん、いいね。
5. その　カレーライス［は］　おいしい？
　　…うん、辛いけど、おいしい。
6. 今　暇？
　　…うん、暇。　何？
　　ちょっと　手伝って。
7. 辞書［を］　持って［い］る？
　　…ううん、持って［い］ない。

会話 _{かいわ}　　　　　夏休みは　どう　するの？
_{なつやす}

小林　　：夏休みは　国へ　帰るの？
_{こばやし}　　　_{なつやす}　　　_{くに}　　_{かえ}

タワポン：ううん。　帰りたいけど、……。
　　　　　　　　　_{かえ}

　　　　　小林君は　どう　するの？
　　　　　_{こばやしくん}

小林　　：どう　しようかな……。
_{こばやし}

　　　　　タワポン君、富士山に　登った　こと　ある？
　　　　　　　　_{くん}　_{ふじさん}　　_{のぼ}

タワポン：ううん。

小林　　：じゃ、よかったら、いっしょに　行かない？
_{こばやし}　　　　　　　　　　　　　　_い

タワポン：うん。　いつごろ？

小林　　：8月の　初めごろは　どう？
_{こばやし}　_{がつ}　_{はじ}

タワポン：いいね。

小林　　：じゃ、いろいろ　調べて、また　電話するよ。
_{こばやし}　　　　　　　_{しら}　　　　_{でんわ}

タワポン：ありがとう。　待ってるよ。
　　　　　　　　　　　　_ま

練習 A
れんしゅう

1.

丁寧形 ていねいけい	普通形 ふつうけい
かきます	かく
かきません	かかない
かきました	かいた
かきませんでした	かかなかった
あります	ある
ありません	＊ない
ありました	あった
ありませんでした	＊なかった
おおきいです	おおきい
おおきくないです	おおきくない
おおきかったです	おおきかった
おおきくなかったです	おおきくなかった
きれいです	きれいだ
きれいじゃ ありません	きれいじゃ ない
きれいでした	きれいだった
きれいじゃ ありませんでした	きれいじゃ なかった
あめです	あめだ
あめじゃ ありません	あめじゃ ない
あめでした	あめだった
あめじゃ ありませんでした	あめじゃ なかった

2. わたしは

あした 東京へ とうきょう	いく。
毎日 まいにち	いそがしい。
相撲が すもう	すきだ。
	サラリーマンだ。
富士山に ふじさん	のぼりたい。
大阪に おおさか	すんで いる。
市役所へ しやくしょ	いかなければ ならない。
レポートを	かかなくても いい。
ドイツ語を ご	はなす ことが できる。
ドイツへ	いった ことが ない。

練習B
<small>れんしゅう</small>

1. 例： 毎日 彼に 電話します。 → 毎日 彼に 電話する。
   <small>れい まいにち かれ でんわ まいにち かれ でんわ</small>

   1) あした また 来ます。 →
   <small>き</small>

   2) きょうは 何も 買いません。 →
   <small>なに か</small>

   3) 少し 疲れました。 →
   <small>すこ つか</small>

   4) きのう 日記を 書きませんでした。 →
   <small>にっき か</small>

2. 例： 着物は 高いです。 → 着物は 高い。
   <small>れい きもの たか きもの たか</small>

   1) 日本語の 勉強は おもしろいです。 →
   <small>にほんご べんきょう</small>

   2) その 辞書は よくないです。 →
   <small>じしょ</small>

   3) けさは 頭が 痛かったです。 →
   <small>あたま いた</small>

   4) きのうの パーティーは 楽しくなかったです。 →
   <small>たの</small>

3. 例： きょうは 暇です。 → きょうは 暇だ。
   <small>れい ひま ひま</small>

   1) カリナさんは 絵が 上手です。 →
   <small>え じょうず</small>

   2) きょうは 休みじゃ ありません。 →
   <small>やす</small>

   3) きのうは 雨でした。 →
   <small>あめ</small>

   4) 先週の 土曜日は 暇じゃ ありませんでした。 →
   <small>せんしゅう どようび ひま</small>

4. 例： そちらへ 行っては いけません。
   <small>れい い</small>

   → そっちへ 行っては いけない。
   <small>い</small>

   1) もう 一度 歌舞伎を 見たいです。 →
   <small>いちど かぶき み</small>

   2) 電話番号を 調べなければ なりません。 →
   <small>でんわばんごう しら</small>

   3) きのうは 映画を 見たり、音楽を 聞いたり しました。 →
   <small>えいが み おんがく き</small>

   4) この 電話を 使っても いいです。 →
   <small>でんわ つか</small>

5. 例: あした うちに いますか。（うん） → あした うちに いる？
　　　　　　　　　　　　　　　　　　……うん、いる。

　　1) ビザが 要りますか。（ううん） →

　　2) けさ 新聞を 読みましたか。（ううん） →

　　3) 日曜日 どこか 行きましたか。（ううん、どこも） →

　　4) いつ 木村さんに 会いますか。（今月の 終わりごろ） →

6. 例: ビールと ワインと どちらが いいですか。（ワイン）
　　　　→ ビールと ワインと どっちが いい？
　　　　　　……ワインの ほうが いい。

　　1) 東京は 大阪より 人が 多いですか。（うん、ずっと） →

　　2) あの 店は サービスが いいですか。（ううん、あまり） →

　　3) 映画は おもしろかったですか。（ううん、全然） →

　　4) 旅行で どこが いちばん 楽しかったですか。（イタリア） →

7. 例: 元気ですか。（うん） → 元気？
　　　　　　　　　　　　　　……うん、元気。

　　1) 今 何時ですか。（5時40分） →

　　2) きょう デパートは 休みですか。（ううん） →

　　3) 犬と 猫と どちらが 好きですか。（猫） →

　　4) 富士山は どうでしたか。（きれい） →

8. 例: 今 雨が 降って いますか。（うん）
　　　　→ 今 雨が 降って いる？
　　　　　　……うん、降って いる。

　　1) 佐藤さんの 住所を 知って いますか。（ううん） →

　　2) 九州へ 行った ことが ありますか。（ううん） →

　　3) ピアノを 弾く ことが できますか。（うん） →

　　4) レポートを 書かなければ なりませんか。（ううん） →

練習C
れんしゅう

1. A: ①相撲 [が] 好き？
   　　すもう　　　　す
   B: うん。
   A: ②チケット [が] あるけど、
   　　いっしょに ③行かない？
   　　　　　　　　　　い
   B: いいね。
   　　1)　①　コーヒー
   　　　　②　ブラジルの　コーヒー　③　飲みます
   　　　　　　　　　　　　　　　　　　　　　の
   　　2)　①　チョコレート
   　　　　②　スイスの　チョコレート　③　食べます
   　　　　　　　　　　　　　　　　　　　　　　た
   　　3)　①　ジャズ
   　　　　②　コンサートの　チケット　③　行きます
   　　　　　　　　　　　　　　　　　　　　　　い

2. A: ①田中君の　住所 [を] 知って [い] る？
   　　たなかくん　じゅうしょ　　し
   B: うん。
   A: じゃ、ちょっと　②教えて。
   　　　　　　　　　　おし
   B: いいよ。
   　　1)　①　細かい　お金 [を] 持って [い] ます
   　　　　　こま　　　かね　　　も
   　　　　②　貸します
   　　　　　　か
   　　2)　①　時間 [が] あります　②　手伝います
   　　　　　じかん　　　　　　　　てつだ
   　　3)　①　自転車の　修理 [が] できます　②　直します
   　　　　　じてんしゃ　しゅうり　　　　　　　　　　なお

3. A: ①パチンコ [を] した　こと [が] ある？
   B: うん、この間　①したよ。
   　　　　　　あいだ
   A: どうだった？
   B: ②難しかったけど、③おもしろかった。
   　　　むずか
   　　1)　①　カラオケに　行きます
   　　　　②　楽しかったです　　　③　疲れました
   　　　　　たの　　　　　　　　　　　つか
   　　2)　①　すき焼き [を] 食べます
   　　　　　　　や　　　　た
   　　　　②　甘かったです　　　③　おいしかったです
   　　　　　あま
   　　3)　①　歌舞伎 [を] 見ます
   　　　　　かぶき　　　み
   　　　　②　ことばが　わかりませんでした　③　きれいでした

問題
もんだい

Ⅰ. 1) ＿＿＿＿＿＿＿＿＿＿＿＿＿＿＿＿＿＿＿＿＿＿
   2) ＿＿＿＿＿＿＿＿＿＿＿＿＿＿＿＿＿＿＿＿＿＿
   3) ＿＿＿＿＿＿＿＿＿＿＿＿＿＿＿＿＿＿＿＿＿＿
   4) ＿＿＿＿＿＿＿＿＿＿＿＿＿＿＿＿＿＿＿＿＿＿
   5) ＿＿＿＿＿＿＿＿＿＿＿＿＿＿＿＿＿＿＿＿＿＿

2. 1) (　　　)　　　2) (　　　)　　　3) (　　　)
   4) (　　　)　　　5) (　　　)

3.

例：行きます	行く	行かない	行った	行かなかった
泳ぎます			泳いだ	
貸します	貸す			
待ちます		待たない		
遊びます				遊ばなかった
飲みます		飲まない		
あります	ある			
買います				買わなかった
寝ます			寝た	
借ります	借りる			
します			した	
来ます		来ない		
寒いです	寒い			
いいです			よかった	
暇です				暇じゃ なかった
天気です			天気だった	

4. 例： 図書館で 本を 借ります。　　　　　　(借りる)
   1) きのう 家族に 電話を かけましたか。　(　　　)
   2) わたしは 大阪に 住んで います。　　　(　　　)

3)　もう　帰っても　いいですか。　　　　（　　　　　　　）

4)　東京へ　遊びに　行きます。　　　　　（　　　　　　　）

5)　ビザを　もらわなければ　なりません。（　　　　　　　）

6)　ここで　たばこを　吸っては　いけません。（　　　　　）

7)　漢字を　読む　ことが　できません。　（　　　　　　　）

8)　刺身を　食べた　ことが　ありません。（　　　　　　　）

9)　時間と　お金が　欲しいです。　　　　（　　　　　　　）

10)　ここは　きれいな　海でした。　　　　（　　　　　　　）

5.　例：　あれは　何？　　　　　　　　　（　何ですか　）

1)　あの　人は　もう　結婚して　いる？　（　　　　　　　）

　　……ううん、独身だ。　　　　　　　　（　　　　　　　）

2)　きのう　パーティーに　行った？　　　（　　　　　　　）

　　……ううん、行かなかった。　　　　　（　　　　　　　）

　　　頭が　痛かったから。　　　　　　　（　　　　　　　）

3)　ミラーさん、いつも　元気ね。　　　　（　　　　　　　）

　　……うん、若いから。　　　　　　　　（　　　　　　　）

6.

日記

１月１日　金曜日　曇り

　田中君、高橋君と　いっしょに　京都の　神社へ　行った。　古くて、大きい　神社だった。　人が　多くて、にぎやかだった。　着物の　女の人が　たくさん　いた。　とても　きれいだった。　田中君と　高橋君は神社の　前の　箱に　お金を　入れて、いろいろ　お願いした。それから　みんなで　写真を　撮ったり、お土産を　買ったり　した。天気は　あまり　よくなかったが、暖かかった。　うちへ　帰ってから、アメリカの　家族に　電話を　かけた。　みんな　元気だった。

1)（　　　）古くて、大きい　神社へ　行きました。

2)（　　　）着物の　女の　人を　たくさん　見ました。

3)（　　　）神社へ　行く　まえに、家族と　電話で　話しました。

4)（　　　）神社で　写真を　撮りました。

21 わたしも そう 思います
おも

単語
たんご

1.	おもいます I	思います	想，認為，覺得
2.	いいます I	言います	說
3.	たります II	足ります	足夠
4.	かちます I	勝ちます	贏，得勝
5.	まけます II	負けます	輸，落敗
6.	あります I		舉行〔節慶〕
	［おまつりが～］	［お祭りが～］	
7.	やくに たちます I	役に 立ちます	有用，起作用
8.	むだ［な］		沒用〔的〕
9.	ふべん［な］	不便［な］	不便〔的〕
10.	おなじ	同じ	相同，一樣
11.	すごい		厲害的（有褒或貶的意思）
12.	しゅしょう	首相	總理，首相
13.	だいとうりょう	大統領	總統
14.	せいじ	政治	政治
15.	ニュース		新聞
16.	スピーチ		演講（～を します：進行演講）
17.	しあい	試合	比賽
18.	アルバイト		打工（～を します：打工）
19.	いけん	意見	意見
20.	［お］はなし	［お］話	講話，演講，故事
21.	ユーモア		幽默
22.	むだ		浪費
23.	デザイン		設計
24.	こうつう	交通	交通

25.	ラッシュ		交通巔峰時間
26.	さいきん	最近	最近
27.	たぶん		大概，可能
28.	きっと		一定
29.	ほんとうに		眞的，的確
30.	そんなに		並不（用於否定）
31.	～に　ついて		關於～
32.	しかたが　ありません。		沒辦法。

会 話
かい　わ

1.	しばらくですね。	好久不見了，久違了。
2.	～でも　飲みませんか。	喝點～好嗎？
3.	見ないと……。	一定要看，否則……
4.	もちろん	當然
5.	カンガルー	袋鼠
6.	キャプテン・クック	庫克船長（英國探險家，1728～79）

文型
<small>ぶん けい</small>

1. あした　雨<small>あめ</small>が　降<small>ふ</small>ると　思<small>おも</small>います。
2. 首相<small>しゅしょう</small>は　来月<small>らいげつ</small>　アメリカへ　行<small>い</small>くと　言<small>い</small>いました。

例文
<small>れい ぶん</small>

1. 仕事<small>しごと</small>と　家族<small>かぞく</small>と　どちらが　大切<small>たいせつ</small>ですか。
　…どちらも　大切<small>たいせつ</small>だと　思<small>おも</small>います。

2. 日本<small>にほん</small>に　ついて　どう　思<small>おも</small>いますか。
　…物価<small>ぶっか</small>が　高<small>たか</small>いと　思<small>おも</small>います。

3. ミラーさんは　どこですか。
　…会議室<small>かいぎしつ</small>に　いると　思<small>おも</small>います。

4. ミラーさんは　この　ニュースを　知<small>し</small>って　いますか。
　…いいえ、たぶん　知<small>し</small>らないと　思<small>おも</small>います。
　　ミラーさんは　出張<small>しゅっちょう</small>して　いましたから。

5. テレサちゃんは　もう　寝<small>ね</small>ましたか。
　…はい、もう　寝<small>ね</small>たと　思<small>おも</small>います。

6. 食事<small>しょくじ</small>の　まえに、お祈<small>いの</small>りを　しますか。
　…いいえ、しませんが、「いただきます」と　言<small>い</small>います。

7. 会議<small>かいぎ</small>で　何<small>なに</small>か　意見<small>いけん</small>を　言<small>い</small>いましたか。
　…はい。　むだな　コピーが　多<small>おお</small>いと　言<small>い</small>いました。

8. 7月<small>がつ</small>に　京都<small>きょうと</small>で　お祭<small>まつ</small>りが　あるでしょう？
　…ええ、あります。

会話　　わたしも　そう　思います

松　本：あ、サントスさん、しばらくですね。

サントス：あ、松本さん、お元気ですか。

松　本：ええ。　ちょっと　ビールでも　飲みませんか。

サントス：いいですね。

- -

サントス：今晩　10時から　日本と　ブラジルの　サッカーの
　　　　　試合が　ありますね。

松　本：ああ、そうですね。　ぜひ　見ないと……。
　　　　　サントスさんは　どちらが　勝つと　思いますか。

サントス：もちろん　ブラジルですよ。

松　本：でも　最近　日本も　強く　なりましたよ。

サントス：ええ、わたしも　そう　思いますが、……。
　　　　　あ、もう　帰らないと……。

松　本：そうですね。　じゃ、帰りましょう。

練習A
れんしゅう

1.

あした　雨が あめ	ふる
佐藤さんは　ゴルフを さ とう	しない
山田さんは・もう やま だ	かえった
日本は　物価が に ほん　　ぶっ か	たかい
日本は　交通が に ほん　　こうつう	べんりだ

と　思います。
おも

2. 首相は
しゅしょう

あした　大統領に だいとうりょう	あう
来月　アメリカへ らいげつ	いかない
英語で　スピーチを えい ご	した
経済の　問題は けいざい　もんだい	むずかしい
会議は かい ぎ	たいへんだ

と　言いました。
い

3.

あした　パーティーに	くる
お寺で　コンサートが てら	あった
大阪は　食べ物が おおさか　た　もの	おいしい
図書館の　人は と しょかん　ひと	しんせつ

でしょう?

練習 B
<small>れんしゅう</small>

1. 例： 経済の　勉強は　おもしろいです
   <small>れい　　けいざい　　べんきょう</small>

   → 経済の　勉強は　おもしろいと　思います。
   <small>けいざい　　べんきょう　　　　　　　　おも</small>

   1) 山田さんは　ほんとうに　よく　働きます　→
   <small>やまだ　　　　　　　　　　　　　はたら</small>

   2) パワー電気の　製品は　デザインが　いいです　→
   <small>でんき　　せいひん</small>

   3) ミラーさんは　時間の　使い方が　上手です　→
   <small>じかん　　つか　かた　　じょうず</small>

   4) ダイエットは　むだでした　→

2. 例： ファクスは　便利だと　思いますか。（はい）
   <small>れい　　　　　　べんり　　　おも</small>

   → はい、便利だと　思います。
   <small>べんり　　おも</small>

   1) 大阪の　水は　おいしいと　思いますか。（いいえ、あまり）　→
   <small>おおさか　みず　　　　　　　　おも</small>

   2) ワットさんは　いい　先生だと　思いますか。（はい、とても）　→
   <small>せんせい　　おも</small>

   3) 犬と　猫と　どちらが　役に　立つと　思いますか。（犬）　→
   <small>いぬ　ねこ　　　　　やく　た　　おも　　　　　いぬ</small>

   4) 日本で　どこが　いちばん　きれいだと　思いますか。（奈良）　→
   <small>にほん　　　　　　　　　　　　　おも　　　　なら</small>

3. 例： 日本（交通が　便利です）　→　日本に　ついて　どう　思いますか。
   <small>れい　にほん　こうつう　べんり　　　　にほん　　　　　　おも</small>

   ……交通が　便利だと　思います。
   <small>こうつう　べんり　　おも</small>

   1) 日本の　若い　人（よく　遊びます）　→
   <small>にほん　わか　ひと　　　　あそ</small>

   2) 日本の　野球（時間が　長いです）　→
   <small>にほん　やきゅう　じかん　なが</small>

   3) 日本の　会社（夏休みが　短いです）　→
   <small>にほん　かいしゃ　なつやす　みじか</small>

   4) あの　映画（ユーモアが　あって、楽しいです）　→
   <small>えいが　　　　　　　　　　たの</small>

4. 例： 部長は　事務所に　いますか。（いいえ）
   <small>れい　ぶちょう　じむしょ</small>

   → いいえ、いないと　思います。
   <small>おも</small>

   1) 部長は　もう　帰りましたか。（はい）　→
   <small>ぶちょう　　　かえ</small>

   2) かぎは　どこですか。（あの　箱の　中）　→
   <small>はこ　なか</small>

   3) あしたの　試合は　中国と　日本と　どちらが　勝ちますか。
   <small>しあい　ちゅうごく　にほん　　　　　　か</small>

   （きっと　中国）　→
   <small>ちゅうごく</small>

   4) 山田さんは　この　ニュースを　知って　いますか。
   <small>やまだ　　　　　　　　　　　し</small>

   （いいえ、たぶん）　→

5. 例：　→　ミラーさんは　あした　東京へ　出張すると　言いました。

　　1)　→　　　　　2)　→　　　　　3)　→　　　　　4)　→

例	1)	2)
あした とうきょうへ しゅっちょうします ミラーさん	らいげつ にほんの しゅしょうに あいます 大統領	おかねが たりません 首相
	3) この かいぎは じかんの むだです 部長	4) ながい やすみが ほしいです 社長

6. 例：　あしたは　休みです　→　あしたは　休みでしょう？

　　1)　大阪は　緑が　少ないです　→

　　2)　ワットさんは　英語の　先生です　→

　　3)　木村さんは　イーさんを　知りません　→

　　4)　きのう　サッカーの　試合が　ありました　→

7. 例1：　日本は　食べ物が　高いでしょう？　（ええ）

　　　　　→　ええ、高いです。

　　例2：　その　カメラは　高かったでしょう？　（いいえ）

　　　　　→　いいえ、そんなに　高くなかったです。

　　1)　東京の　ラッシュは　すごいでしょう？　（ええ）　→

　　2)　仕事は　大変でしょう？　（いいえ）　→

　　3)　北海道は　寒かったでしょう？　（いいえ）　→

　　4)　疲れたでしょう？　（ええ）　→

練習C
れんしゅう

1. A： ①日本の 生活に ついて どう 思いますか。
にほん せいかつ おも
   B： そうですね。 ②便利ですが、物価が 高いと 思います。
べんり ぶっか たか おも
   A： ワットさんは どう 思いますか。
おも
   C： わたしも 同じ 意見です。
おな いけん

   1) ① 新しい 空港
あたら くうこう
   ② きれいですが、ちょっと

   交通が 不便です
こうつう ふべん
   2) ① 首相の スピーチ
しゅしょう
   ② おもしろいですが、いつも 長いです
なが
   3) ① 最近の 子ども
さいきん こ
   ② よく 勉強しますが、本を 読みません
べんきょう ほん よ

2. A： きのうの 先生の お話は おもしろかったですよ。
せんせい はなし
   B： そうですか。 どんな 話でしたか。
はなし
   A： 先生は いちばん 大切な
せんせい たいせつ
   ものは 友達だと 言いました。
ともだち い
   B： そうですか。 わたしは

   そうは 思いませんが。
おも
   1) 頭が いい 人は 料理が 上手です
あたま ひと りょうり じょうず
   2) アルバイトは 時間の むだです
じかん
   3) 最近の 若い 人は 政治に ついて 話しません
さいきん わか ひと せいじ はな

3. A： ①日本は 食べ物が 高いでしょう？
にほん たもの たか
   B： ええ、ほんとうに ①高いですね。
たか

   でも、②おいしいと 思います。
おも
   1) ① 朝の ラッシュは すごいです
あさ
   ② しかたが ありません
   2) ① 相撲は おもしろいです
すもう
   ② チケットが 高いです
たか
   3) ① 日本人は 電車で よく 寝ます
にほんじん でんしゃ ね
   ② 危ないです
あぶ

問題
もんだい

1. 1) _____
   📼
   💿 2) _____

   3) _____

   4) _____

   5) _____

2. 1) (　　　)　　2) (　　　)　　3) (　　　)
   📼
   💿 4) (　　　)　　5) (　　　)

3. 例：　彼女は　来ますか。
   れい　　かのじょ　　き

   　　……いいえ、きょうは　（　来ない　）と　思います。
   　　　　　　　　　　　　　　　　　　　き　　　　　　　おも

おいしいです　帰ります　~~来ます~~　上手です　役に　立ちます
   かえ　　　　　　き　　　じょうず　　やく　　た

   1) 大阪の　水は　どうですか。
   　　おおさか　みず

   　　……あまり　（　　　）と　思います。
   　　　　　　　　　　　　　　おも

   2) 鈴木さんは　英語が　できますか。
   　　すずき　　えいご

   　　……ええ、（　　　）と　思います。アメリカに　3年　いましたから。
   　　　　　　　　　　　　　おも　　　　　　　　　ねん

   3) その　辞書は　いいですか。
   　　　　じしょ

   　　……ええ、とても　（　　　）と　思います。
   　　　　　　　　　　　　　　　　おも

   4) 田中さんが　いませんね。
   　　たなか

   　　……かばんが　ありませんから、もう　うちへ　（　　　）と　思います。
   　　　　　　　　　　　　　　　　　　　　　　　　　　　　　おも

4. 例：　A：あした　暇ですか。
   れい　　　　　　ひま

   　　　B：あしたは　会社へ　行かなければ　なりません。
   　　　　　　　　　かいしゃ　い

   　　　→　Bさんは　あしたは　会社へ　行かなければ　ならないと
   　　　　　　　　　　　　　　かいしゃ　い

   　　　言いました。
   　　　い

   1) A：桜の　季節ですね。　どこか　お花見に　行きますか。
   　　　さくら　きせつ　　　　　　　はなみ　い

   　　B：ええ、日曜日　家族と　大阪城公園へ　行きます。
   　　　　にちようび　かぞく　おおさかじょうこうえん　い

   　　→　Bさんは _____ と　言いました。
   　　　　　　　　　　　　　　　　　　　　　　　　　　い

   2) A：この　本、おもしろいですよ。
   　　　　　ほん

   　　B：そうですか。　じゃ、貸して　ください。
   　　　　　　　　　　　　　　か

   　　→　Aさんは　この　本は _____ と　言いました。
   　　　　　　　　　　　　　ほん　　　　　　　　　　　　　い

3) A： パーティーは　にぎやかでしたか。

B： ええ、とても　にぎやかでした。

→ 　Bさんは　パーティーは ＿＿＿＿＿＿＿ と　言いました。

4) A： すみません。　日曜日の　試合を　見に　行く　ことが　できません。

B： そうですか。　残念です。

→ 　Aさんは　日曜日 ＿＿＿＿＿＿＿＿ と　言いました。

5. 例： おなかが　（　すいた　）でしょう？　何か　食べませんか。

あります　　暑いです　　~~すきました~~　　地図です　　疲れました

1) 来月　京都で　有名な　お祭りが　（　　　　）でしょう？

2) （　　　　）でしょう？　少し　休みましょう。

3) （　　　　）でしょう？　エアコンを　つけましょうか。

4) それは　日本の　（　　　　）でしょう？　広島は　どこですか。

6.

カンガルー

　この　動物の　名前を　知って　いますか。『カンガルー』です。オーストラリアに　住んで　います。1778年に　イギリスの　キャプテン・クックは　船で　オーストラリアへ　行きました。そして、初めて　この　動物を　見ました。クックは　オーストラリアの　人に　この　動物の　名前を　知りたいと　言いました。　その　人は　オーストラリアの　ことばで　「カンガルー（わたしは　知らない）」と　言いました。　それを　聞いて、イギリス人は　みんな　この　動物の　名前は　『カンガルー』だと　思いました。　それから、この　動物の　名前は　『カンガルー』に　なりました。

1) （　　　）キャプテン・クックは　1778年まで　カンガルーを　見た　ことが　ありませんでした。

2) （　　　）イギリス人は　オーストラリアの　人の　ことばが　わかりませんでした。

3) （　　　）オーストラリアの　人は　この　動物の　名前を　知って　いました。

22 どんな アパートが いいですか

単語
たんご

1. きます II	着ます	穿〔襯衫等〕
[シャツを〜]		
2. はきます I		穿〔鞋，褲子〕
[くつを〜]	[靴を〜]	
3. かぶります I		戴〔帽子等〕
[ぼうしを〜]	[帽子を〜]	
4. かけます II		戴〔眼鏡〕
[めがねを〜]	[眼鏡を〜]	
5. うまれます II	生まれます	出生
6. コート		大衣，外套
7. スーツ		西裝，套裝
8. セーター		毛衣
9. ぼうし	帽子	帽子
10. めがね	眼鏡	眼鏡
11. よく		經常
12. おめでとう ございます。		恭喜。（用於生日，婚禮，新年等時）

会話
かい　わ

1.	こちら	這（"これ"的禮貌形）
2.	家賃	房租
3.	うーん。	我想想看。
4.	ダイニングキチン	兼作餐廳的廚房
5.	和室	和室
6.	押し入れ	日式壁櫥
7.	布団	棉被和墊被
8.	アパート	公寓
9.	パリ	巴黎
10.	万里の　長城	萬里長城
11.	余暇開発センター	休閒活動開發中心
12.	レジャー白書	休閒白皮書

文型
ぶんけい

1. これは　ミラーさんが　作った　ケーキです。
2. あそこに　いる　人は　ミラーさんです。
3. きのう　習った　ことばを　忘れました。
4. 買い物に　行く　時間が　ありません。

例文
れいぶん

1. これは　万里の　長城で　撮った　写真です。
   …そうですか。　すごいですね。

2. カリナさんが　かいた　絵は　どれですか。
   …あれです。　あの　海の　絵です。

3. あの　着物を　着て　いる　人は　だれですか。
   …木村さんです。

4. 山田さん、奥さんに　初めて　会った　所は　どこですか。
   …大阪城です。

5. 木村さんと　行った　コンサートは　どうでしたか。
   …とても　よかったです。

6. どう　しましたか。
   …きのう　買った　傘を　なくしました。

7. どんな　うちが　欲しいですか。
   …広い　庭が　ある　うちが　欲しいです。

8. 今晩　飲みに　行きませんか。
   …すみません。　今晩は　ちょっと　友達に　会う　約束が
   あります。

会話　　　どんな　アパートが　いいですか

不動産屋：こちらは　いかがですか。

　　　　　家賃は　8万円です。

ワ　ン：うーん……。　ちょっと　駅から　遠いですね。

不動産屋：じゃ、こちらは？

　　　　　便利ですよ。　駅から　歩いて　3分ですから。

ワ　ン：そうですね。

　　　　　ダイニングキチンと　和室が　1つと……。

　　　　　すみません。　ここは　何ですか。

不動産屋：押し入れです。　布団を　入れる　所ですよ。

ワ　ン：そうですか。

　　　　　この　アパート、きょう　見る　ことが

　　　　　できますか。

不動産屋：ええ。　今から　行きましょうか。

ワ　ン：ええ、お願いします。

練習A
れんしゅう

1. これは ┌─────────────┬──────────────┐ 雑誌です。
ざっし

女の 人が おんな ひと	よむ
日本で にほん	うって いない
カリナさんに	かりた

2.

あの 眼鏡を めがね	かけて いる	人は 山田さんです。 ひと やまだ
スキー旅行に りょこう	いかない	
会議で 意見を かいぎ いけん	いった	

3.

ワットさんが	すんで いる	所は 横浜です。 ところ よこはま
佐藤さんが さとう	うまれた	
わたしが	いきたい	

4.

あの 棚に たな	ある	服を 見せて ください。 ふく み
パーティーで	きる	
パリで	かった	

5. わたしは

駅から えき	ちかい	うちが 欲しいです。 ほ
広い 庭が ひろ にわ	ある	
カラオケ・パーティーが	できる	

6. わたしは

手紙を てがみ	かく	時間が ありません。 じかん
本を ほん	よむ	
朝ごはんを あさ	たべる	

練習B
れんしゅう

1. 例： 母に　もらいました　→　これは　母に　もらった　コートです。
   れい　はは　　　　　　　　　　　　　　　　はは

   1)　タワポンさんに　借りました　→
   　　　　　　　　　　　か

   2)　京都で　撮りました　→
   　　きょうと　と

   3)　わたしが　作りました　→
   　　　　　　　つく

   4)　カリナさんが　かきました　→

2. 例： ミラーさん　→　ミラーさんは　どの　人ですか。
   れい　　　　　　　　　　　　　　　　　　ひと

   　　　　　　　……電話を　かけて　いる　人です。
   　　　　　　　　でんわ　　　　　　　　ひと

   1)　松本部長　→　　　　　2)　山田さん　→
   　　まつもとぶちょう　　　　　やまだ

   3)　佐藤さん　→　　　　　4)　田中さん　→
   　　さとう　　　　　　　　　　たなか

3. 例： 〈ミラーさんが　よく　行きます〉喫茶店は　コーヒーが
   れい　　　　　　　　　　　　い　　　　きっさてん

   　　おいしいです

   　　　　→　ミラーさんが　よく　行く　喫茶店は　コーヒーが
   　　　　　　　　　　　　　　　い　　　きっさてん

   　　　　　　おいしいです。

   1)　〈ワンさんが　働いて　います〉病院は　神戸に　あります　→
   　　　　　　　　はたら　　　　　びょういん　こうべ

   2)　〈わたしが　いつも　買い物します〉スーパーは　野菜が　安いです　→
   　　　　　　　　　　　か　もの　　　　　　　　　やさい　やす

   3)　〈弟が　住んで　います〉アパートは　おふろが　ありません　→
   　　　おとうと　す

   4)　〈きのう　わたしが　行きました〉お寺は　きれいで、静かでした　→
   　　　　　　　　　　　い　　　　　てら　　　　　しず

4. 例: 〈黒い スーツを 着て います〉 人は だれですか
　　　　→ 黒い スーツを 着て いる 人は だれですか。

　　1) 〈旅行に 行きません〉 人は だれですか →

　　2) 〈パーティーに 来ます〉 人は 何人ですか →

　　3) 〈初めて ご主人に 会いました〉 所は どこですか →

　　4) 〈京都で 泊まりました〉 ホテルは どうでしたか →

5. 例: 〈奈良で 撮りました〉 写真を 見せて ください
　　　　→ 奈良で 撮った 写真を 見せて ください。

　　1) 〈彼に あげます〉 お土産を 買います →

　　2) 〈要りません〉 物を 捨てます →

　　3) 〈病院で もらいました〉 薬を 飲まなければ なりません →

　　4) 〈イーさんの 隣に 座って います〉 人を 知って いますか →

6. 例: 〈外で します〉 スポーツが 好きです
　　　　→ 外で する スポーツが 好きです。

　　1) 〈ユーモアが わかります〉 人が 好きです →

　　2) 〈パソコンを 置きます〉 机が 欲しいです →

　　3) 〈会社の 人が 使います〉 日本語が わかりません →

　　4) 〈母が 作りました〉 料理が 食べたいです →

7. 例: 〈日曜日は 子どもと 遊びます〉 約束が あります
　　　　→ 日曜日は 子どもと 遊ぶ 約束が あります。

　　1) 〈今晩は 友達と 食事します〉 約束が あります →

　　2) 〈きょうは 市役所へ 行きます〉 用事が あります →

　　3) 〈朝 新聞を 読みます〉 時間が ありません →

　　4) 〈電話を かけます〉 時間が ありませんでした →

練習C
れんしゅう

1. A： ①先週　買った　②本は　どこに　ありますか。
　　　　せんしゅう　か　　　　　ほん

   B： えーと、あの　机の　上に　ありますよ。
　　　　　　　　　　　つくえ　うえ

   A： あ、そうですか。　どうも。

   1) ① 富士山で　撮りました
　　　　　ふじさん　と

   ② 写真
　　　　しゃしん

   2) ① 田中さんに　もらいました
　　　　　たなか

   ② カタログ

   3) ① きのう　借りました
　　　　　　　　か

   ② ビデオ

2. A： あの　人は　どなたですか。
　　　　　　ひと

   B： どの　人ですか。
　　　　　　ひと

   A： ①赤い　セーターを　着て　いる　人です。
　　　　あか　　　　　　　　き　　　　ひと

   B： ああ、②佐藤さんですよ。
　　　　　　　さとう

   1) ① 眼鏡を　かけて　います
　　　　　めがね

   ② 松本さん
　　　　まつもと

   2) ① 帽子を　かぶって　います
　　　　　ぼうし

   ② 山田さんの　奥さん
　　　　やまだ　　　おく

   3) ① 白い　靴を　はいて　います
　　　　しろ　くつ

   ② ワットさん

3. A： 20歳の　誕生日　おめでとう　ございます。
　　　　さい　　たんじょうび

   B： ありがとう　ございます。

   A： どんな　①仕事を　したいですか。
　　　　　　しごと

   B： そうですね。

   ②日本語を　使う　①仕事を　したいです。
　　　にほんご　つか　　しごと

   1) ① 会社で　働きます
　　　　　かいしゃ　はたら

   ② 大きくて、あまり　残業が　ありません
　　　　　おお　　　　　　　ざんぎょう

   2) ① 人と　結婚します
　　　　　ひと　けっこん

   ② ユーモアが　あって、明るいです
　　　　　　　　　　　　あか

   3) ① 所に　住みます
　　　　　ところ　す

   ② 近くに　山が　あって、スキーが　できます
　　　　　ちか　　やま

問題
もんだい

1. 1) _____
   2) _____
   3) _____
   4) _____
   5) _____

2. 1) （　　　） 2) （　　　） 3) （　　　）
   4) （　　　） 5) （　　　）

3. 例： よく　寝る　人は　元気です。
   れい　　　　ね　　　ひと　　げんき

   > よく　寝ます　　　図書館で　借りました　　　お酒を　飲みません
   > 　　　ね　　　　　としょかん　か　　　　　　さけ　の
   > マリアさんから　来ました　　　庭が　あります
   > 　　　　　　　き　　　　　　にわ

   1) わたしは _____ うちが　欲しいです。
      　　　　　　　　　　　　　　　　　　　　　　　　　　ほ
   2) わたしは _____ 人が　好きです。
      　　　　　　　　　　　　　　　　　　　　　ひと　す
   3) _____ 本を　なくしました。
      　　　　　　　　　ほん
   4) _____ 手紙は　机の　上に　あります。
      　　　　　　　　　てがみ　つくえ　うえ

4. 例： あの　黒い　シャツを　着て　いる　人は　（　だれ　）ですか。
   れい　　　　くろ　　　　　　き　　　　　ひと
   　　……ミラーさんです。

   1) ここに　あった　新聞は　（　　　　　）ですか。
      　　　　　　　　　しんぶん
      　　……テレビの　上に　あります。
      　　　　　　　うえ
   2) マリアさんが　作った　ケーキは　（　　　　　）でしたか。
      　　　　　　　つく
      　　……とても　おいしかったです。
   3) いちばん　新しい　パソコンは　（　　　　　）ですか。
      　　　　　あたら
      　　……これです。

5. 例： どこで　撮りましたか。　→　これは　どこで　撮った　写真ですか。
   れい　　　　と　　　　　　　　　　　　　　　　　　と　　　しゃしん

1) いつ 買いましたか。

   → _____。

2) だれが 作りましたか。

   → _____。

3) だれに もらいましたか。

   → _____。

6. 例: 銀行へ 行く 時間が ありません。

1) 日曜日は _____ 約束が あります。

2) _____ 用事が あります。

3) _____ 時間が ありません。

7.

日本人は 休みの 日に 何を しますか		
	した 人	使った お金
食事に 出かける	66.0 %	3,480 円
カラオケに 行く	55.8	1,860
ビデオを 見る	44.3	520
ディズニーランドなどへ 行く	39.2	5,810
パチンコを する	28.1	3,140

資料　余暇開発センター「レジャー白書1995」

1) ( ) レストランなどで ごはんを 食べる 人は 少ないです。

2) ( ) カラオケに 行く 人は パチンコを する 人より
多いです。

3) ( ) カラオケは いちばん お金を 使いません。

復習 D
ふくしゅう

1. 例： （（a）．ちょっと　b．早く　c．すぐ）　待って　ください。
   れい
   1) きのう　だれと　買い物に　行きましたか。
   　　　か　もの　い
   　　……（a．みんな　b．一人で　c．いっしょに）　行きました。
   　　　　　　　　　　　　ひとり　　　　　　　　　　い
   2) もう　外国人登録を　しましたか。
   　　　　がいこくじんとうろく
   　　……いいえ、（a．もう　b．まだ　c．また）　です。
   3) 9時ですね。　（a．そろそろ　b．今　c．あとで）　失礼します。
   　　　じ　　　　　　　　　　　　　　いま　　　　　　　しつれい
   4) きょうは　（a．とても　b．よく　c．あまり）　寒くないです。
   　　　　　　　　　　　　　　　　　　　　　　さむ
   5) 英語が　（a．たくさん　b．よく　c．全然）　わかります。
   　　えいご　　　　　　　　　　　　　　　ぜんぜん
   6) 東京は　大阪より　（a．ずっと　b．いちばん　c．どちらも）
   　　とうきょう　おおさか
   　　人が　多いです。
   　　ひと　おお
   7) 日本語が　あまり　わかりませんから、（a．だんだん　b．速く
   　　にほんご　　　　　　　　　　　　　　　　　　　　　　はや
   　　c．ゆっくり）　話して　ください。
   　　　　　　　　　はな
   8) 相撲を　（a．なかなか　b．まず　c．一度も）　見た　ことが
   　　すもう　　　　　　　　　　　　　　いちど　　み
   　　ありません。
   9) もう　6月です。　（a．最近　b．次に　c．これから）
   　　　　がつ　　　　　さいきん　つぎ
   　　（a．だんだん　b．そんなに　c．たくさん）　暑く　なります。
   　　　　　　　　　　　　　　　　　　　　　　あつ
   10) あまり　食べませんね。
   　　　　　　た
   　　……（a．もちろん　b．ほんとうに　c．実は）　ダイエットを
   　　　　　　　　　　　　　　　　　　　　じつ
   　　　　して　います。
   11) ミラーさんは　（a．きっと　b．ぜひ　c．だいたい）　来ると
   　　　　　　　　　　　　　　　　　　　　　　　　　く
   　　思います。
   　　おも
   12) パーティーの　料理で　（a．全部で　b．みんな　c．特に）
   　　　　　　　　りょうり　　ぜんぶ　　　　　　　　とく
   　　野菜カレーが　おいしかったです。
   　　やさい

2. 例： 東京は　にぎやかです。　（（a）．そして　b．でも　c．じゃ）、
   れい　とうきょう
   　　おもしろいです。
   1) 旅行は　楽しかったです。　（a．ですから　b．でも　c．それから）、
   　　りょこう　たの
   　　疲れました。
   　　つか
   2) 毎朝　ジョギングを　します。　（a．でも　b．じゃ　c．それから）、
   　　まいあさ
   　　会社へ　行きます。
   　　かいしゃ　い
   3) あした　暇ですか。
   　　　　　ひま
   　　……ええ。
   　　（a．じゃ　b．そして　c．それから）　神戸へ　行きませんか。
   　　　　　　　　　　　　　　　　　　こうべ　い

3.

例: かきます	かく	かかない	かいた	かかなかった
	おく			
		いかない		
	いそぐ			
			のんだ	
あそびます				
		とらない		
あります				
				かわなかった
たちます				
	はなす			
			たべた	
		おぼえない		
				みなかった
		できない		
べんきょうします				
（日本へ）きます				
いいです				
	いきたい			
ひまです				
		あめじゃ ない		

4. 例: あしたは 雨が （降ります→ 降る ）と 思います。

1) ミラーさんは 傘を （持って いません→　　　　）と 思います。

2) サントスさんは （親切です→　　　）、（おもしろいです→　　　）

（いい 人です→　　　）と 思います。

3) 太郎君は 何も （知りません→　　　）と 言いました。

4) 課長は 会議は （大変です→　　　）と 言いました。

5) 山田さんは （来ません→　　　）でしょう？

6) あしたは （暇です→　　　）でしょう？

7) ワットさんは 青い スーツを （着て います→　　　）人です。

8) 行った ことが （ありません→　　　）国は １つだけです。

9) （読みたいです→　　　）本が たくさん あります。

10) 子どもに 飛行機の 本を （あげます→　　　）約束を しました。

11) （買い物します→　　　）時間が ありません。

どうやって　行きますか

単 語
たん ご

1.	ききます I	聞きます	問〔老師〕
	［せんせいに〜］	［先生に〜］	
2.	まわします I	回します	轉動
3.	ひきます I	引きます	拉
4.	かえます II	変えます	改變
5.	さわります I	触ります	摸，碰觸〔門〕
	［ドアに〜］		
6.	でます II	出ます	〔零錢〕出來
	［おつりが〜］	［お釣りが〜］	
7.	うごきます I	動きます	〔鐘錶〕轉動
	［とけいが〜］	［時計が〜］	
8.	あるきます I	歩きます	走〔路〕
	［みちを〜］	［道を〜］	
9.	わたります I	渡ります	過〔橋〕
	［はしを〜］	［橋を〜］	
10.	きを　つけます II	気を　つけます	小心〔車輛〕，注意〔車輛〕
	［くるまに〜］	［車に〜］	
11.	ひっこしします III	引っ越しします	搬家
12.	でんきや	電気屋	電器行
13.	〜や	〜屋	經營某種生意的人或店舖
14.	サイズ		尺寸，尺碼
15.	おと	音	聲音
16.	きかい	機械	機械，機器
17.	つまみ		旋鈕
18.	こしょう	故障	故障（〜します：發生故障）

19.	みち	道	道路
20.	こうさてん	交差点	十字路口
21.	しんごう	信号	紅綠燈，號誌燈
22.	かど	角	轉角
23.	はし	橋	橋
24.	ちゅうしゃじょう	駐車場	停車場
25.	…め	…目	第…
26.	［お］しょうがつ	［お］正月	新年
27.	ごちそうさま［でした］。		謝謝你的款待。（用於飲食後）

会話
かい わ

1.	建物 たてもの	建築物
2.	外国人登録証 がいこくじんとうろくしょう	外國人登記證
3.	聖徳太子 しょうとくたいし	聖徳太子 (574〜622)
4.	法隆寺 ほうりゅうじ	法隆寺。奈良的寺廟，由聖德太子於 7 世紀初建成
5.	元気茶 げんきちゃ	元氣茶（虛構的茶名）
6.	本田駅 ほんだえき	本田站（虛構的車站名）
7.	図書館前 としょかんまえ	圖書館前（虛構的車站名）

文型
_{ぶん けい}

1. 図書館で 本を 借りる とき、カードが 要ります。
_{と しょかん} _{ほん} _か _い
2. この ボタンを 押すと、お釣りが 出ます。
_お _つ _で

例文
_{れい ぶん}

1. よく テレビを 見ますか。
_み

   …そうですね。 野球の 試合が ある とき、見ます。
   _{や きゅう} _{し あい} _み

2. 冷蔵庫に 何も ない とき、どう しますか。
_{れいぞう こ} _{なに}

   …近くの レストランへ 何か 食べに 行きます。
   _{ちか} _{なに} _た _い

3. 会議室を 出る とき、エアコンを 消しましたか。
_{かい ぎ しつ} _で _け

   …すみません。 忘れました。
   _{わす}

4. サントスさんは どこで 服や 靴を 買いますか。
_{ふく} _{くつ} _か

   …夏休みや お正月に 国へ 帰った とき、買います。
   _{なつやす} _{しょうがつ} _{くに} _{かえ} _か
   日本のは 小さいですから。
   _{に ほん}

5. それは 何ですか。
_{なん}

   …「元気茶」です。 体の 調子が 悪い とき、飲みます。
   _{げん き ちゃ} _{からだ} _{ちょうし} _{わる} _の

6. 暇な とき、うちへ 遊びに 来ませんか。
_{ひま} _{あそ} _き

   …ええ、ありがとう ございます。

7. 学生の とき、アルバイトを しましたか。
_{がくせい}

   …ええ、時々 しました。
   _{ときどき}

8. 音が 小さいですね。
_{おと} _{ちい}

   …この つまみを 右へ 回すと、大きく なります。
   _{みぎ} _{まわ} _{おお}

9. すみません。 市役所は どこですか。
_{しゃくしょ}

   …この 道を まっすぐ 行くと、左に あります。
   _{みち} _い _{ひだり}

会話　　どうやって　行きますか
会話（かいわ）　行（い）きますか

図書館の　人　：　はい、みどり図書館です。
（としょかん）（ひと）　　　　　　　　　　　　（としょかん）

カリナ　　　　：　あのう、そちらまで　どうやって　行きますか。
　　　　　　　　　　　　　　　　　　　　　　　　　　（い）

図書館の　人　：　本田駅から　12番の　バスに　乗って、
（としょかん）（ひと）　（ほんだえき）　（ばん）　　　　　　（の）

　　　　　　　　　　図書館前で　降りて　ください。　3つ目です。
　　　　　　　　　　（としょかんまえ）（お）　　　　　　　　（みっめ）

カリナ　　　　：　3つ目ですね。
　　　　　　　　（みっめ）

図書館の　人　：　ええ。　降りると、前に　公園が　あります。
（としょかん）（ひと）　　　（お）　　（まえ）（こうえん）

　　　　　　　　　　図書館は　その　公園の　中の　白い　建物です。
　　　　　　　　　　（としょかん）　　（こうえん）（なか）（しろ）（たてもの）

カリナ　　　　：　わかりました。

　　　　　　　　　　それから　本を　借りる　とき、何か
　　　　　　　　　　　　　　　（ほん）（か）　　　　（なに）

　　　　　　　　　　要りますか。
　　　　　　　　　　（い）

図書館の　人　：　外国の　方ですか。
（としょかん）（ひと）　（がいこく）（かた）

カリナ　　　　：　はい。

図書館の　人　：　じゃ、外国人登録証を　持って　来て　ください。
（としょかん）（ひと）　　（がいこくじんとうろくしょう）（も）　（き）

カリナ　　　　：　はい。　どうも　ありがとう　ございました。

113

練習 A
れんしゅう

1. 道を　　　　わたる　とき、　車に　気を　つけます。
みち
　新聞を　　　　よむ　　　　　　眼鏡を　かけます。
しんぶん　　　　　　　　　　　　めがね
　使い方が　わからない　　　　　わたしに　聞いて　ください。
つかかた　　　　　　　　　　　　　　　　き

2. うちへ　かえる　とき、　ケーキを　買います。
　　　　　　　　　　　　　　　　　　　か
　うちへ　かえった　　　　　「ただいま」と　言います。
　　　　　　　　　　　　　　　　　　　　　　い
　会社へ　　くる　　　　　　駅で　部長に　会いました。
かいしゃ　　　　　　　　　　えき　ぶちょう　あ
　会社へ　　きた　　　　　　受付で　社長に　会いました。
かいしゃ　　　　　　　　　　うけつけ　しゃちょう　あ

3. 　ねむ　い　とき、　コーヒーを　飲みます。
　　　　　　　　　　　　　　　　　　の
　　ひま　な　　　　　　本を　読みます。
　　　　　　　　　　　　ほん　よ
　26さい　の　　　　　結婚しました。
　　　　　　　　　　　けっこん

4. この　つまみを　まわす　と、　音が　大きく　なります。
　　　　　　　　　　　　　　　　おと　おお
　これを　　　　　ひく　　　　　水が　出ます。
　　　　　　　　　　　　　　　　みず　で
　右へ　　　　　　まがる　　　　郵便局が　あります。
みぎ　　　　　　　　　　　　　　ゆうびんきょく

練習B
れんしゅう

1. 例： 新聞を　読みます・眼鏡を　かけます
れい　しんぶん　よ　めがね

　　　　→　新聞を　読む　とき、眼鏡を　かけます。
しんぶん　よ　めがね

　1)　病院へ　行きます・保険証を　忘れないで　ください　→
びょういん　い　ほけんしょう　わす

　2)　散歩します・いつも　カメラを　持って　行きます　→
さんぽ　も　い

　3)　漢字が　わかりません・この　辞書を　使います　→
かんじ　じしょ　つか

　4)　現金が　ありません・カードで　買い物します　→
げんきん　か　もの

2. 例1：「行って　まいります」
れい　い

　　　　→　出かける　とき、「行って　まいります」と　言います。
で　い

　例2：「ただいま」
れい

　　　　→　うちへ　帰った　とき、「ただいま」と　言います。
かえ　い

　1)　「お休みなさい」　→　　　　2)　「おはよう　ございます」　→
やす

　3)　「ごちそうさま」　→　　　　4)　「失礼します」　→
しつれい

3. 例： 寂しいです・家族に　電話を　かけます
れい　さび　かぞく　でんわ

　　　　→　寂しい　とき、家族に　電話を　かけます。
さび　かぞく　でんわ

　1)　頭が　痛いです・この　薬を　飲みます　→
あたま　いた　くすり　の

　2)　暇です・ビデオを　見ます　→
ひま　み

　3)　妻が　病気です・会社を　休みます　→
つま　びょうき　かいしゃ　やす

　4)　晩ごはんです・ワインを　飲みます　→
ばん　の

4. 例： 受付の 人を 呼びます（この ボタンを 押します）
　　　　→ 受付の 人を 呼ぶ とき、どう しますか。
　　　　……この ボタンを 押します。

　1) フィルムを 入れます（ここを 開けて ください）→

　2) 切符が 出ません（この ボタンを 押して ください）→

　3) 電話番号を 知りたいです（104に 電話を かけます）→

　4) 冷蔵庫が 故障です（電気屋を 呼びます）→

5. 例： この ボタンを 押します・切符が 出ます
　　　　→ この ボタンを 押すと、切符が 出ます。

　1) これを 引きます・いすが 動きます →

　2) これに 触ります・水が 出ます →

　3) この つまみを 左へ 回します・音が 小さく なります →

　4) この つまみを 右へ 回します・電気が 明るく なります →

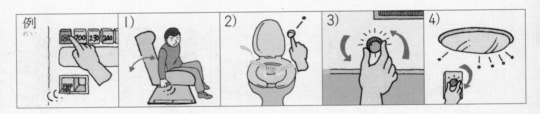

6. 例： 銀行 → 銀行は どこですか。
　　　　……あの 交差点を 右へ 曲がると、左に あります。

　1) 市役所 →　　　　2) 美術館 →

　3) 駐車場 →　　　　4) 電話 →

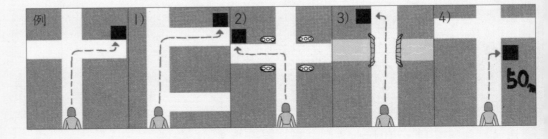

練習C
れんしゅう

1. A: すみません。 この ①機械の 使い方を 教えて ください。
      きかい   つか かた   おし
   B: ええ。
   A: ②お金を 出す とき、どう しますか。
      かね だ
   B: この ボタンを 押します。
              お

   1) ① ビデオ   ② テープを 止めます
                        と
   2) ① ファクス   ② 紙を 入れます
                     かみ
   3) ① コピー   ② サイズを 変えます
                        か

2. A: すみません。
   B: 何ですか。
      なん
   A: ①友達が 会社に 入った とき、
      ともだち かいしゃ はい
      日本人は どんな 物を あげますか。
      にほんじん   もの
   B: そうですね。

      ②ネクタイや かばんなどですね。
   A: そうですか。

   1) ① 友達が 結婚します
        ともだち けっこん
      ② お金や 電気製品
        かね   でんきせいひん
   2) ① 子どもが 生まれました
                う
      ② お金や 服
        かね   ふく
   3) ① 友達が 新しい うちに 引っ越ししました
        ともだち あたら   ひ こ
      ② 絵や 時計
        え   とけい

3. A: ちょっと すみません。

      この 近くに ①銀行が ありますか。
           ちか   ぎんこう
   B: ①銀行ですか。
      ぎんこう
      あそこに 信号が ありますね。
              しんごう
   A: ええ。
   B: あそこを 渡って、②まっすぐ 行くと、右に あります。
              わた   みぎ

   1) ① スーパー   ② 1つ目の 角を 右へ 曲がります
                     ひと め かど みぎ ま
   2) ① 郵便局   ② 2つ目の 角を 左へ 曲がります
        ゆうびんきょく ふた め かど ひだり ま
   3) ① 本屋   ② 100メートルぐらい 歩きます
        ほんや   ある

問題
もんだい

1. 1) _____
   2) _____
   3) _____
   4) _____
   5) _____

2. 1)
   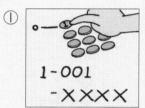 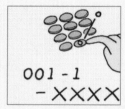 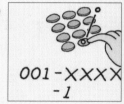

   2)
   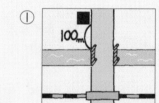 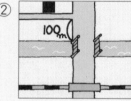 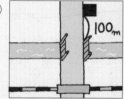

3. 1) (　　) 　　2) (　　) 　　3) (　　)

4. 例１：　買い物に（行く）とき、カードを　持って　行きます。
   れい　か　もの　い　　　　　　　　　も
   例２：　妻が（いない）とき、レストランで　食事します。
   れい　つま　　　　　　　　　　　　　　　しょくじ

あります　　います　　借ります　　行きます　　渡ります　　出ます

   1) 図書館で　本を（　　　）とき、カードが　要ります。
   としょかん　ほん　　　　　　　　　　　　い
   2) 道を（　　　）とき、左と　右を　よく　見なければ　なりません。
   みち　　　　　　　　ひだり　みぎ　　　　み
   3) 時間が（　　　）とき、朝ごはんを　食べません。
   じかん　　　　　　　　あさ　　　　た
   4) お釣りが（　　　）とき、この　ボタンを　押して　ください。
   つ　　　　　　　　　　　　　　お

5. 例： うちへ （ 帰る、⟨帰った⟩ ） とき、「ただいま」と 言います。

1) （ 疲れる、 疲れた ） とき、熱い おふろに 入って、早く 寝ます。

2) うちを （ 出る、 出た ） とき、電気を 消しませんでした。

3) 朝 （ 起きる、 起きた ） とき、家族の 写真に 「おはよう」と 言います。

4) きのうの 夜（ 寝る、 寝た ） とき、少し お酒を 飲みました。

6. 例： （ 眠いです→ 眠い ） とき、顔を 洗います。

1) （ 暇です→　　　　 ） とき、遊びに 来て ください。

2) （ 独身です→　　　　 ） とき、よく 旅行を しました。

3) 母は （ 若いです→　　　　 ） とき、とても きれいでした。

7. 例： この お茶を （ 飲む ） と、元気に なります。

1) あの 交差点を 左へ （　　　　 ） と、銀行が あります。

2) この つまみを 右へ （　　　　 ） と、音が 大きく なります。

3) この 料理は 少し お酒を （　　　　 ） と、おいしく なります。

8.

聖徳太子

　聖徳太子は 574年に 奈良で 生まれました。　子どもの とき、勉強が 好きで、馬の 乗り方も 上手で、友達が たくさん いました。一度に 10人の 人の 話を 聞く ことが できました。

　20歳に なった とき、国の 政治の 仕事を 始めました。　そして お寺を 造ったり、日本人を 中国に 送ったり しました。中国から 漢字や 政治の し方や 町の 造り方などを 習いました。　本も 書きました。

　聖徳太子が 造った 法隆寺は 奈良に あります。世界の 木の 建物の 中で いちばん 古い 建物です。

1) （　　 ） 聖徳太子は 600年ぐらいまえに、生まれました。

2) （　　 ） 聖徳太子は 友達が 10人 いました。

3) （　　 ） 聖徳太子は 中国へ 行って、漢字や 馬の 乗り方を 習いました。

4) （　　 ） 法隆寺は 世界の 建物の 中で いちばん 古いです。

24 手伝って くれますか
てつだ

単語
たんご

1. くれます II　　　　　　　　　　　　　　給〔我〕

2. つれて いきます I 連れて 行きます 帯〔某人〕去

3. つれて きます III 連れて 来ます 帯〔某人〕來

4. おくります I　　　　送ります　　　　送〔人〕

　　[ひとを～]　　　　　[人を～]

5. しょうかいします III 紹介します　　　介紹

6. あんないします III 　案内します　　　帯路，引導

7. せつめいします III　 説明します　　　説明

8. いれます II　　　　　　　　　　　　　沖，泡〔咖啡〕

　　[コーヒーを～]

9. おじいさん／おじいちゃん　　　　　　祖父，老爺爺

10. おばあさん／おばあちゃん　　　　　　祖母，老奶奶

11. じゅんび　　　　　準備　　　　　準備（～します：做準備）

12. いみ　　　　　　　意味　　　　　意思

13. [お] かし　　　　[お] 菓子　　　糕點，點心

14. ぜんぶ　　　　　　全部　　　　　全部

15. じぶんで　　　　　自分で　　　　自己～

会話
かい わ

1. ほかに　　　　　　　　　　　　　　　　　　　　　　另外

2. ワゴン車　　　　　　　　　　　　　　　　　　　　　旅行車
　　　　しゃ

3. ［お］弁当　　　　　　　　　　　　　　　　　　　　餐盒，便當
　　　　べんとう

4. 母の日　　　　　　　　　　　　　　　　　　　　　　母親節
　　はは　ひ

文型
<small>ぶんけい</small>

1. 佐藤さんは　わたしに　クリスマスカードを　くれました。
   <small>さとう</small>
2. わたしは　木村さんに　本を　貸して　あげました。
   <small>きむら</small>　<small>ほん</small>　<small>か</small>
3. わたしは　山田さんに　病院の　電話番号を　教えて
   <small>やまだ</small>　<small>びょういん</small>　<small>でんわばんごう</small>　<small>おし</small>
   もらいました。
4. 母は　わたしに　セーターを　送って　くれました。
   <small>はは</small>　<small>おく</small>

例文
<small>れいぶん</small>

1. 太郎君は　おばあちゃんが　好きですか。
   <small>たろうくん</small>　<small>す</small>
   …はい、好きです。　おばあちゃんは　いつも　お菓子を
   <small>す</small>　<small>かし</small>
   くれます。

2. おいしい　ワインですね。
   …ええ、佐藤さんが　くれました。　フランスの　ワインです。
   <small>さとう</small>

3. 太郎君は　母の　日に　お母さんに　何を　して　あげますか。
   <small>たろうくん</small>　<small>はは</small>　<small>ひ</small>　<small>かあ</small>　<small>なに</small>
   …ピアノを　弾いて　あげます。
   <small>ひ</small>

4. ミラーさん、きのうの　パーティーの　料理は　全部　自分で
   <small>りょうり</small>　<small>ぜんぶ</small>　<small>じぶん</small>
   作りましたか。
   <small>つく</small>
   …いいえ、ワンさんに　手伝って　もらいました。
   <small>てつだ</small>

5. 電車で　行きましたか。
   <small>でんしゃ</small>　<small>い</small>
   …いいえ。　山田さんが　車で　送って　くれました。
   <small>やまだ</small>　<small>くるま</small>　<small>おく</small>

会話かいわ　　　　　手伝って　くれますか
てつだ

カリナ：　ワンさん、あした　引っ越しですね。
ひ　こ

　　　　　手伝いに　行きましょうか。
てつだい

ワ　ン：　ありがとう　ございます。

　　　　　じゃ、すみませんが、9時ごろ　お願いします。
じねが

カリナ：　ほかに　だれが　手伝いに　行きますか。
てつだい

ワ　ン：　山田さんと　ミラーさんが　来て　くれます。
やまだき

カリナ：　車は？
くるま

ワ　ン：　山田さんに　ワゴン車を　貸して　もらいます。
やまだしゃか

カリナ：　昼ごはんは　どう　しますか。
ひる

ワ　ン：　えーと……。

カリナ：　わたしが　お弁当を　持って　行きましょうか。
べんとうもい

ワ　ン：　すみません。　お願いします。
ねが

カリナ：　じゃ、また　あした。

練習A
れんしゅう

1. ミラーさんは わたしに ワイン を くれました。
   　　　　　　　　　　　　　はな
   　　　　　　　　　　　　　カード

2. これは ブラジルの コーヒー です。 サントスさん が くれました。
   　　　　メキシコの ぼうし 　　　　ミラーさん
   　　　　ちゅうごくの おちゃ 　　　 ワンさん

3. わたしは カリナさんに CDを 　　　　　　　 かして あげました。
   　　　　　　　　　　　 電話番号を 　　　　　 おしえて
   　　　　　　　　　　　　でんわばんごう
   　　　　　　　　　　　 ことばの 意味を せつめいして
   　　　　　　　　　　　　　　　　 いみ

4. わたしは 山田さんに 大阪城へ 　　　 つれて いって もらいました。
   　　　　　 やまだ 　 おおさかじょう
   　　　　　　　　　　 引っ越しを 　　　 てつだって
   　　　　　　　　　　 ひ こ
   　　　　　　　　　　 旅行の 写真を 　　 みせて
   　　　　　　　　　　 りょこう しゃしん

5. 山田さんは わたしに 地図を 　　　　　 かいて くれました。
   　 やまだ 　　　　　 ちず
   　　　　　　　　　　 コーヒーを 　　　　 いれて
   　　　　　　　　　　 おふろの 入り方を せつめいして
   　　　　　　　　　　 　　　　 はい かた

練習 B
れんしゅう

1. 例： → わたしは イーさんに プレゼントを もらいました。
れい
　　　 → イーさんは わたしに プレゼントを くれました。

　　1) →　　　　2) →　　　　3) →　　　　4) →

　　　　→　　　　　　　→　　　　　　→　　　　　　→

2. 例： 道を 教えます・おじいさん
れい　みち　おし

　　　　→ わたしは おじいさんに 道を 教えて あげました。
　　　　　　　　　　　　　　　　　　みち　おし

　　1) 自転車を 貸します・テレサちゃん →
　　　 じてんしゃ　か

　　2) 手紙を 読みます・おばあさん →
　　　 てがみ　よ

　　3) スペイン料理を 作ります・友達 →
　　　 りょうり　つく　ともだち

　　4) 飛行機の 雑誌を 見せます・太郎君 →
　　　 ひこうき　ざっし　み　たろうくん

3. 例： → わたしは 佐藤さんに 傘を 貸して もらいました。
れい　　　　さとう　かさ　か

　　　 → 佐藤さんは わたしに 傘を 貸して くれました。
　　　　　さとう　　　　かさ　か

　　1) →　　　　2) →　　　　3) →　　　　4) →

　　　　→　　　　　　　→　　　　　　→　　　　　　→

4. 例： 日本語を　教えます（小林先生）

　　　→　だれに　日本語を　教えて　もらいましたか。

　　　……小林先生に　教えて　もらいました。

1) 本を　貸します（佐藤さん）　→

2) コピーを　手伝います（山田さん）　→

3) 京都を　案内します（木村さん）　→

4) すき焼きを　作ります（松本さん）　→

例 わたしは	1)	2)	3)	4)
小林先生	佐藤さん	山田さん	木村さん	松本さん

5. 例： お金を　払います（山田さん）

　　　→　だれが　お金を　払って　くれましたか。

　　　……山田さんが　払って　くれました。

1) セーターを　送ります（母）　→

2) 大阪城へ　連れて　行きます（会社の　人）　→

3) 駅まで　送ります（友達）　→

4) 写真を　撮ります（サントスさん）　→

例	1)	2)	3)	4)
山田さん	母	会社の　人	友達	サントスさん

練習C
<small>れんしゅう</small>

1. A： すてきな ①かばんですね。

   B： ありがとう ございます。

   ②大学に 入った とき、③姉が くれました。
   <small>だいがく はい あね</small>

   1) ① スーツ

   　 ② 大学を 出ました　③ 母
   　　　<small>だいがく で</small>　　　<small>はは</small>

   2) ① ネクタイ

   　 ② 会社に 入りました　③ 兄
   　　　<small>かいしゃ はい</small>　　<small>あに</small>

   3) ① 時計
   　　　<small>とけい</small>

   　 ② 結婚しました　　③ 父
   　　　<small>けっこん</small>　　　<small>ちち</small>

2. A： ①一人で 来ましたか。
   　　<small>ひと り き</small>

   B： いいえ。 佐藤さんに ②連れて 来て もらいました。
   　　　　　<small>さとう</small>　　<small>つ き</small>

   A： そうですか。

   1) ① 電車で 来ます
   　　　<small>でんしゃ き</small>

   　 ② 車で 送ります
   　　　<small>くるま おく</small>

   2) ① 使い方が すぐ わかります
   　　　<small>つか かた</small>

   　 ② 説明します
   　　　<small>せつめい</small>

   3) ① 全部 一人で します
   　　　<small>ぜんぶ ひとり</small>

   　 ② 手伝います
   　　　<small>てつだ</small>

3. A： もう 出張の 準備を しましたか。
   　　　　<small>しゅっちょう じゅんび</small>

   B： はい。

   A： ①資料は？
   　　<small>しりょう</small>

   B： 佐藤さんが ②コピーして くれました。
   　　<small>さとう</small>

   1) ① 新幹線の 切符
   　　　<small>しんかんせん きっぷ</small>

   　 ② 買いに 行きます
   　　　<small>か い</small>

   2) ① 荷物
   　　　<small>に もつ</small>

   　 ② 送ります
   　　　<small>おく</small>

   3) ① ホテル

   　 ② 予約します
   　　　<small>よ やく</small>

問題
もんだい

1. 1) _____
   2) _____
   3) _____
   4) _____
   5) _____

2. 1) (　　　)　　　2) (　　　)　　　3) (　　　)
   4) (　　　)　　　5) (　　　)

3. 例：太郎君は　テレサちゃんに　花を　(あげました、くれました)。
   1) ワットさんは　わたしに　英語の　辞書を　(あげました、
      くれました)。
   2) わたしは　カリナさんに　大学を　案内して　(くれました、
      もらいました)。
   3) 休みの　日　夫は　よく　料理を　作って　(あげます、くれます)。
   4) 駅で　友達に　細かい　お金を　貸して　(もらいました、くれました)。

4. 例：ミラー：すみません。　塩を　取って　ください。
      わたし：はい、どうぞ。
      →　わたしは　ミラーさんに　塩を　取って　あげました。(　○　)
   1) グプタ：あ、細かい　お金が　ない。
      わたし：グプタさん。この　テレホンカードを　使って　ください。
      グプタ：すみません。
      →　わたしは　グプタさんに　テレホンカードを　貸して
         あげました。　　　　　　　　　　　　　　　(　　　)
   2) 男の　人：重いでしょう？　持ちましょうか。
      わたし　：ありがとう　ございます。
      →　男の　人は　わたしの　荷物を　持って　くれました。(　　　)

3)　（エレベーターで）

　　ミラー：　すみません。　　6階　お願いします。

　　わたし：　はい。

　　→　わたしは　ミラーさんに　エレベーターの　ボタンを　押して
　　　　もらいました。　　　　　　　　　　　　　　　　（　　　）

5.　例：　わたしは　ミラーさん（　に　）チョコレートを　あげました。

　1)　父は　誕生日に　時計（　　　）　くれました。

　2)　だれ（　　　）引っ越しを　手伝って　くれますか。

　　　……カリナさん（　　　）手伝って　くれます。

　3)　わたしは　山田さん（　　　）駅まで　送って　もらいました。

　4)　わたしは　彼（　　　）旅行の　本を　送って　あげました。

6.

僕の　おばあちゃん

　　僕の　おばあちゃんは　88歳で、元気です。　一人で　住んで　います。
天気が　いい　とき、おばあちゃんは　病院へ　友達に　会いに　行きます。
病院に　友達が　たくさん　いますから。　天気が　悪い　とき、足の
調子が　よくないですから、出かけません。

　　おばあちゃんが　僕の　うちへ　来た　とき、僕は　学校で　習った
歌を　歌って　あげます。　おばあちゃんは　僕に　古い
日本の　お話を　して　くれます。　そして　パンや
お菓子を　作って　くれます。

　　おばあちゃんが　うちへ　来ると、うちの　中が　とても
にぎやかに　なります。

1)（　　　）おばあちゃんは　僕の　家族と　いっしょに　住んで　います。

2)（　　　）おばあちゃんは　足の　調子が　悪い　とき、病院へ　行きます。

3)（　　　）おばあちゃんは　僕に　日本の　古い　歌を　歌って　くれます。

4)（　　　）僕は　おばあちゃんが　好きです。

25 いろいろ お世話に なりました
せわ

単語
たんご

1. かんがえます II	考えます	思考，想
2. つきます I	着きます	到達，抵達〔車站〕
［えきに～］	［駅に～］	
3. りゅうがくします III	留学します	留學
4. とります I	取ります	上〔年紀〕
［としを～］	［年を～］	
5. いなか	田舎	郷下，故郷
6. たいしかん	大使館	大使館
7. グループ		團體，組，群
8. チャンス		機會
9. おく	億	億
10. もし［～たら］		如果～
11. いくら［～ても］		無論～也，怎麼～也

会話
かい　わ

1. 転勤
てんきん

2. こと

3. 一杯　飲みましょう。
いっぱい　の

4. ［いろいろ］お世話に　なりました。
せ　わ

5. 頑張ります I
がん　ば

6. どうぞ　お元気で。
げん　き

調職（〜します：調職）

事情，狀況（〜の　こと：〜的事）

喝一杯吧！

受到您〔多方〕照顧。

努力，盡力

請保重。（用在將長期分開時）

文型
ぶんけい

1. 雨が　降ったら、出かけません。
   あめ　ふ　　　　で

2. 雨が　降っても、出かけます。
   あめ　ふ　　　　で

例文
れいぶん

1. もし　１億円　あったら、何を　したいですか。
   おくえん　　　なに
   …コンピューターソフトの　会社を　作りたいです。
   かいしゃ　つく

2. 約束の　時間に　友達が　来なかったら、どう　しますか。
   やくそく　じかん　ともだち　こ
   …すぐ　帰ります。
   かえ

3. あの　新しい　靴屋は　いい　靴が　たくさん　ありますよ。
   あたら　くつや　　　くつ
   …そうですか。　安かったら、買いたいです。
   やす　　　　か

4. あしたまでに　レポートを　出さなければ　なりませんか。
   だ
   …いいえ。　無理だったら、金曜日に　出して　ください。
   むり　　　　きんようび　だ

5. もう　子どもの　名前を　考えましたか。
   こ　　　なまえ　かんが
   …ええ、男の　子だったら、「ひかる」です。
   おとこ　こ
   　女の　子だったら、「あや」です。
   おんな　こ

6. 大学を　出たら、すぐ　働きますか。
   だいがく　で　　　　はたら
   …いいえ、１年ぐらい　いろいろな　国を　旅行したいです。
   ねん　　　　　　　くに　りょこう

7. 先生、この　ことばの　意味が　わかりません。
   せんせい　　　　　いみ
   …辞書を　見ましたか。
   じしょ　み
   ええ。　見ても、わかりません。
   み

8. 日本人は　グループ旅行が　好きですね。
   にほんじん　　　りょこう　す
   …ええ、安いですから。
   やす
   いくら　安くても、わたしは　グループ旅行が　嫌いです。
   やす　　　　　　　　　りょこう　きら

会話　　　いろいろ　お世話に　なりました

山田：転勤、おめでとう　ございます。

ミラー：ありがとう　ございます。

木村：ミラーさんが　東京へ　行ったら、寂しく
なりますね。

東京へ　行っても、大阪の　ことを　忘れないで
くださいね。

ミラー：もちろん。　木村さん、暇が　あったら、ぜひ
東京へ　遊びに　来て　ください。

サントス：ミラーさんも　大阪へ　来たら、電話を　ください。
一杯　飲みましょう。

ミラー：ええ、ぜひ。

皆さん、ほんとうに　いろいろ　お世話に
なりました。

佐藤：体に　気を　つけて、頑張って　ください。

ミラー：はい、頑張ります。　皆さんも　どうぞ　お元気で。

練習A
れんしゅう

1.

のみます	のん	だ	ら	のん	で	も
まちます	まっ	た	ら	まっ	て	も
たべます	たべ	た	ら	たべ	て	も
みます	み	た	ら	み	て	も
きます	き	た	ら	き	て	も
します	し	た	ら	し	て	も
あついです	あつ	かった	ら	あつ	くて	も
いいです	よ	かった	ら	よ	くて	も
すきです	すき	だった	ら	すき	で	も
かんたんです	かんたん	だった	ら	かんたん	で	も
びょうきです	びょうき	だった	ら	びょうき	で	も
あめです	あめ	だった	ら	あめ	で	も

2.

雨が 時間が	ふった ら、 なかった やすかった ひまだった いい てんきだった	行きません。 映画を 見ません。 あの 店で 買います。 遊びに 行きます。 散歩します。

3.

10時に うちへ 会社を	なった ら、 かえった やめた	出かけましょう。 すぐ シャワーを 浴びます。 田舎に 住みたいです。

4.

いくら お金が	かんがえて も、 なくて たかくて べんりで にちようびで	わかりません。 毎日 楽しいです。 この うちを 買いたいです。 カードは 使いません。 働きます。

練習 B
れんしゅう

1. 例：　お金が　あります・パソコンを　買いたいです
　　れい　　かね　　　　　　　　　　　　か
　　　　　→　お金が　あったら、パソコンを　買いたいです。
　　　　　　　　かね　　　　　　　　　　　　　か

　　1)　駅まで　歩きます・30分　かかります　→
　　　　えき　　ある　　　　　ぷん

　　2)　この　薬を　飲みます・元気に　なります　→
　　　　　　くすり　の　　　　げんき

　　3)　バスが　来ません・タクシーで　行きます　→
　　　　　　　き　　　　　　　　　　　い

　　4)　意見が　ありません・終わりましょう　→
　　　　いけん　　　　　　　　お

2. 例1：　安いです・パソコンを　買います
　　れい　　やす　　　　　　　　　か
　　　　　→　安かったら、パソコンを　買います。
　　　　　　　やす　　　　　　　　　　か

　　例2：　雨です・出かけません　→　雨だったら、出かけません。
　　れい　　あめ　　で　　　　　　　　あめ　　　　　で

　　1)　駅が　近いです・便利です　→
　　　　えき　　ちか　　　べんり

　　2)　寒いです・エアコンを　つけて　ください　→
　　　　さむ

　　3)　使い方が　簡単です・買います　→
　　　　つか　かた　　かんたん　　か

　　4)　速達です・あした　着きます　→
　　　　そくたつ　　　　　　つ

3. 例1：　ワープロが　故障します・どう　しますか
　　れい　　　　　　　こしょう
　　　　　→　ワープロが　故障したら、どう　しますか。
　　　　　　　　　　　　こしょう
　　　　　　　……電気屋へ　持って　行きます。
　　　　　　　　　でんきや　も　　　い

　　例2：　日曜日　天気が　悪いです・何を　しますか
　　れい　　にちようび　てんき　わる　　　なに
　　　　　→　日曜日　天気が　悪かったら、何を　しますか。
　　　　　　　にちようび　てんき　わる　　　　なに
　　　　　　　……うちで　音楽を　聞きます。
　　　　　　　　　　　おんがく　き

　　1)　パスポートを　なくします・どう　しますか　→

　　2)　細かい　お金が　ありません・どう　しますか　→
　　　　こま　　かね

　　3)　日曜日　いい　天気です・何を　しますか　→
　　　　にちようび　　　てんき　なに

　　4)　休みを　1か月　もらいます・何を　しますか　→
　　　　やす　　げつ　　　　　　　なに

4. 例： 昼ごはんを 食べます・映画を 見に 行きませんか

→ 昼ごはんを 食べたら、映画を 見に 行きませんか。

1) 駅に 着きます・電話を ください →

2) 仕事が 終わります・飲みに 行きましょう →

3) 18歳に なります・アメリカへ 留学します →

4) 会社を やめます・本を 書きたいです →

5. 例： 覚えます・すぐ 忘れます → 覚えても、すぐ 忘れます。

1) 考えます・わかりません →

2) 練習を します・上手に なりません →

3) 年を 取ります・働きたいです →

4) 結婚します・名前を 変えません →

6. 例1： 安いです・買いません → 安くても、買いません。

例2： 嫌いです・食べます → 嫌いでも、食べます。

1) 眠いです・レポートを 書かなければ なりません →

2) 高いです・日本の 車が 欲しいです →

3) 病気です・病院へ 行きません →

4) 歌が 下手です・カラオケは 楽しいです →

7. 例1： デザインが よかったら、買いますか。（はい）

→ はい、デザインが よかったら、買います。

例2： 安かったら、買いますか。（いいえ）

→ いいえ、安くても、買いません。

1) 年を 取ったら、田舎に 住みたいですか。（いいえ） →

2) この 本を 読んだら、日本人の 考え方が わかりますか。

（はい） →

3) チャンスが あったら、留学したいですか。（はい） →

4) お酒を 飲んだら、楽しく なりますか。（いいえ） →

練習 C
れんしゅう

1. A: あした ①時間が あったら、②お酒を 飲みに 行きませんか。
   じかん　　　　　　　　　　　　さけ　　の　　　い
   B: いいですね。 どこへ 行きますか。
   A: 神戸に いい 所が ありますよ。
   こうべ　　　　ところ

   1) ① 天気が いいです
        てんき
      ② ゴルフを します

   2) ① 暇です
        ひま
      ② ジャズを 聞きます
        き

   3) ① 仕事が 早く 終わります
        しごと　はや　お
      ② フランス料理を 食べます
          りょうり　た

2. A: 会議室に いますから、①その 仕事が 終わったら、②来て ください。
   かいぎしつ　　　　　　　　しごと　お　　　　　き
   B: はい、わかりました。

   1) ① アキックスの
        牧野さんが 来ます
        まきの　　き
      ② 教えます
        おし

   2) ① 資料を コピーします
        しりょう
      ② 持って 来ます
        も　　き

   3) ① グプタさんから 電話が あります
                     でんわ
      ② 呼びます
        よ

3. A: 来週の ①サッカーの 試合、②雨でも、ありますか。
   らいしゅう　　　　　　しあい　あめ
   B: いいえ、②雨だったら、ありません。
            あめ
   A: そうですか。

   1) ① お花見
        はなみ
      ② 天気が 悪いです
        てんき　わる

   2) ① テニスの 試合
                しあい
      ② 雨が 降ります
        あめ　ふ

   3) ① スキー旅行
            りょこう
      ② 雪が 少ないです
        ゆき　すく

問題
もんだい

1. 1) _____
    2) _____
    3) _____
    4) _____
    5) _____

2. 1) （　　　）　　2) （　　　）　　　3) （　　　）
    4) （　　　）　　5) （　　　）

3. 例：雨が　（　降ります→　降った　）ら、出かけません。
    1) 毎日　日本語を　（　使います→　　　　）ら、上手に　なります。
    2) バスが　（　来ません→　　　　）ら、タクシーで　行きましょう。
    3) 月曜日が　（　無理です→　　　　）ら、火曜日に　レポートを　出して
       ください。
    4) 日曜日　天気が　（　いいです→　　　　）ら、ゴルフに　行きませんか。
    5) いくら　（　考えます→　　　　）も、わかりません。
    6) パソコンは　高いですから、（　便利です→　　　　）も、買いません。

4. 例：時間が　あったら、（　d　）　　a. エアコンを　つけて　ください。
    1) お金が　あっても、（　　　）　　b. 洗濯しなければ　なりません。
    2) 暑かったら、（　　　）　　　　　c. 何も　買いません。
    3) 仕事が　忙しくても、（　　　）　d. 遊びに　行きましょう。
    4) いい　会社だったら、（　　　）　e. 毎晩　日本語を　勉強します。
    5) 雨でも、（　　　）　　　　　　　f. 入りたいです

5. 例：いつ　旅行に　行きますか。（　夏休みに　なります　）
    ……夏休みに　なったら、すぐ　行きます。
    1) 何時に　パワー電気へ　行きますか。（　会議が　終わります　）
       ……_____。
    2) いつ　結婚したいですか。（　大学を　出ます　）
       ……_____。

3) 何時ごろ　出かけましょうか。（　昼ごはんを　食べます　）
……＿＿＿＿＿＿＿＿＿＿＿＿＿＿＿＿＿＿＿＿＿＿。

4) いつごろ　新しい　仕事を　始めますか。（　国へ　帰ります　）
……＿＿＿＿＿＿＿＿＿＿＿＿＿＿＿＿＿＿＿＿＿＿。

6.

＜わたしが　欲しい　物＞

いろいろな　人に　いちばん　欲しい　物を　聞きました。

① 「時間」です。　会社へ　行って、働いて、うちへ　帰ったら、1日が　終わります。　1日が　短いです。　1日　36時間ぐらい　欲しいです。
（女の　人、25歳）

② 「僕の　銀行」が　欲しいです。　銀行を　持って　いたら、好きな　とき、お金を　出して、好きな　物を　買う　ことが　できます。
（男の　子、10歳）

③ 「若く　なる　薬」です。　わたしは　若い　とき、あまり　勉強しませんでした。　もう　一度　若く　なったら、頑張って、勉強して、いい　仕事を　したいです。　　（女の　人、60歳）

④ 「ユーモア」が　欲しいです。　わたしが　話を　すると、妻は　すぐ　「あしたも　忙しいでしょう？　早く　寝て　ください。」と　言います。　子どもは　「お父さん、その　話は　もう　3回ぐらい　聞いたよ。」と　言います。　わたしは　おもしろい　人に　なりたいです。
（男の　人、43歳）

⑤ 「わたし」が　もう　1人　欲しいです。　わたしは　毎日　学校で　勉強しなければ　なりません。　「わたし」が　2人　いたら、1人が　学校で　勉強して　いる　とき、もう　1人の　「わたし」は　好きな　ことが　できます。　わたしは　2人に　なりたいです。
（女の　子、14歳）

1) (　　) ①の　女の　人は　暇な　時間が　あまり　ありません。
2) (　　) ②の　男の　子は　今　お金が　たくさん　あります。
3) (　　) ③の　女の　人は　若い　とき、勉強しませんでした。
4) (　　) ④の　男の　人と　話しても、おもしろくないです。
5) (　　) ⑤の　女の　子は　2人に　なったら、いっしょに　学校へ　行きます。

復習E
ふくしゅう

I. 例: お元気ですか。
…… （a.はい、そうです。　ⓑ.はい、元気です。　c.はい、どうぞ。）

1) 始めまして。　どうぞ　よろしく。
…… （a.そろそろ　失礼します。　b.どう　いたしまして。
　　　c.こちらこそ　よろしく。）

2) これ、ほんの　気持ちです。　どうぞ。
…… （a.どうぞ　よろしく　お願いします。　b.おめでとう
　　　ございます。　c.ありがとう　ございます。）

3) コーヒーは　いかがですか。
…… （a.おかげさまで。　b.ごちそうさま。　c.いただきます。）

4) どう　しましたか。
…… （a.熱が　あります。　b.しかたが　ありません。
　　　c.いろいろ　お世話に　なりました。）

5) ただいま。
…… （a.お帰りなさい。　b.しばらくですね。　c.こんにちは。）

6) もう　一杯　いかがですか。
…… （a.いいえ、違います。　b.いいえ、けっこうです。
　　　c.いいえ、嫌いです。）

7) 行って　いらっしゃい。
…… （a.いらっしゃいませ。　b.行って　まいります。
　　　c.ごめん　ください。）

8) あしたは　試合です。
…… （a.じゃ、また　あした。　b.疲れましたね。
　　　c.頑張って　ください。）

9) 熱が　ありますから、きょうは　早く　帰ります。
……そうですか。（a.お大事に。　b.おかげさまで。　c.お帰りなさい。）

10) 木村さんは　パーティーに　来ません。
……そうですか。（a.いいですね。　b.大変ですね。　c.残念ですね。）

11) 来月　結婚します。
…… （a.よろしく　お願いします。　b.ありがとう　ございます。
　　　c.おめでとう　ございます。）

12) あした　国へ　帰ります。
……そうですか。（a.どうぞ　よろしく。　b.どうぞ　お元気で。
　　　　　　　c.はい、どうぞ。）

2. 例: ちょっと （待ちます→　待って　） ください。

　1) （散歩します→　　　） とき、いつも　カメラを　持って　行きます。

　2) （暇です→　　　） とき、ビデオを　見ます。

　3) 夫が （病気です→　　　） とき、会社を　休みます。

　4) この　つまみを　右へ （回します→　　　） と、音が　大きく

　　　なります。

　5) カリナさんに　引っ越しを （手伝います→　　　） もらいました。

　6) 山田さんが　駅まで　迎えに （来ます→　　　） くれました。

　7) おじいさんに　ファクスの　使い方を （教えます→　） あげました。

　8) お金が （あります→　　　） ら、世界の　いろいろな　所を

　　　旅行したいです。

　9) あした　荷物が （着きません→　　　） ら、電話を　ください。

　10) （暑いです→　　　） ら、エアコンを　つけても　いいです。

　11) あした （雨です→　　　） ら、お祭りは　ありません。

　12) いくら （考えます→　　　） も、思い出す　ことが　できません。

　13) （忙しいです→　　　） も、新聞は　毎日　読みます。

　14) （嫌いです→　　　） も、野菜は　食べなければ　なりません。

　15) わたしは （日曜日です→　　　） も、早く　起きます。

3. 例: 頭が （ⓐ.痛くても　b.痛かったら）、勉強します。

　1) みんなで　ビールを （a.飲む　b.飲んだ） とき、「乾杯」と

　　　言います。

　2) 夜 （a.寝る　b.寝た） とき、ちょっと　お酒を　飲みます。

　3) タクシーに （a.乗る　b.乗った） お金が　ありませんでしたから、

　　　バスで　帰りました。

　4) 右へ　曲がると、（a.郵便局へ　行きます　b.郵便局が　あります）。

　5) すてきな　シャツですね。

　　　……これですか。　誕生日に　母が （a.あげました

　　　　　b.くれました）。

　6) 先週の　土曜日　田中さんに　大阪城へ　連れて　行って

　　　（a.くれました　b.もらいました）。

　7) 昼ごはんを （a.食べた　とき　b.食べたら）、すぐ　出かけます。

助詞
じょ し

1. [は]

　　資料は　ファクスで　送って　ください。　　　　　　　（第17課）
　　しりょう　　　　　　おく　　　　　　　　　　　　　　　　　だい　か

2. [も]

　　何回も　ダイエットを　した　ことが　あります。　　　（19）
　　なんかい

3. [の]

　A : 1)　この　漢字の　読み方を　教えて　ください。　　（14）
　　　　　　　かんじ　よ　かた　おし

　　　2)　インドネシアの　バンドンから　来ました。　　　（16）
　　　　　　　　　　　　　　　　　　　　　　き

　B :　　もう　少し　大きいのは　ありませんか。　　　　（14）
　　　　　　　すこ　おお

4. [を]

　A :　　京都で　電車を　降ります。　　　　　　　　　　（16）
　　　　　きょうと　でんしゃ　お

　B : 1)　あの　信号を　渡って　ください。　　　　　　　（23）
　　　　　　　しんごう　わた

　　　2)　この　道を　まっすぐ　行くと、駅が　あります。（23）
　　　　　　　みち　　　　　　い　えき

5. [が]

　A : 1)　スキーが　できますか。　　　　　　　　　　　　（18）

　　　2)　わたしは　テープレコーダーが　要ります。　　　（20）
　　　　　　　　　　　　　　　　　　　　　　い

　B :　　来月　京都で　お祭りが　あります。　　　　　　（21）
　　　　　らいげつ　きょうと　まつ

　C : 1)　サントスさんは　背が　高いです。　　　　　　　（16）
　　　　　　　　　　　　せ　たか

　　　2)　わたしは　のどが　痛いです。　　　　　　　　　（17）
　　　　　　　　　　　　いた

　D : 1)　雨が　降って　います。　　　　　　　　　　　　（14）
　　　　　あめ　ふ

　　　2)　これに　触ると、水が　出ます。　　　　　　　　（23）
　　　　　　　さわ　みず　で

　　　3)　音が　小さいです。　　　　　　　　　　　　　　（23）
　　　　　おと　ちい

　E : 1)　コンサートが　終わってから、食事に　行きます。（16）
　　　　　　　　　　　　お　しょくじ

　　　2)　約束の　時間に　友達が　来なかったら、どう　しますか。（25）
　　　　　やくそく　じかん　ともだち　こ

　　　3)　妻が　病気の　とき、会社を　休みます。　　　　（23）
　　　　　つま　びょうき　かいしゃ　やす

4）　カリナさんが　かいた　絵は　どれですか。　　　　　　　　（22）

　　F：　1）　佐藤さんが　ワインを　くれました。　　　　　　　　　（24）

　　　　2）　だれが　お金を　払って　くれましたか。　　　　　　　（24）

6. ［に］

　　A：　　マリアさんは　大阪に　住んで　います。　　　　　　　（15）

　　B：　1）　ここに　座って　ください。　　　　　　　　　　　　（15）

　　　　2）　梅田から　電車に　乗ります。　　　　　　　　　　　（16）

　　　　3）　ここに　名前を　書いて　ください。　　　　　　　　（14）

　　　　4）　これに　触ると、水が　出ます。　　　　　　　　　　（23）

　　C：　　テレサちゃんは　10歳に　なりました。　　　　　　　（19）

7. ［へ］

　　　　あの　信号を　右へ　曲がって　ください。　　　　　　　（14）

8. ［で］

　　　　7月に　京都で　お祭りが　あります。　　　　　　　　　（21）

9. ［と］

　　A：　　佐藤さんは　会議室で　部長と　話して　います。　　　（14）

　　B：　1）　あした　雨が　降ると　思います。　　　　　　　　　（21）

　　　　2）　首相は　来月　アメリカへ　行くと　言いました。　　（21）

10. ［から］［まで］

　　　　駅まで　迎えに　行きましょうか。　　　　　　　　　　　（14）

11. ［までに］

　　　　土曜日までに　本を　返さなければ　なりません。　　　　（17）

12. ［でも］

　　　　ちょっと　ビールでも　飲みませんか。　　　　　　　　　（21）

フォームの　使い方
<small>つか　かた</small>

1. [ます形]
   | ます形ましょうか | タクシーを　呼びましょうか。 | （第14課） |

2. [て形]
て形　ください	すみませんが、ボールペンを　貸して ください。	(14)
て形　います	佐藤さんは　今　ミラーさんと 話して　います。	(14)
	マリアさんは　大阪に　住んで います。	(15)
て形も　いいです	たばこを　吸っても　いいですか。	(15)
て形は　いけません	美術館で　写真を　撮っては いけません。	(15)
て形から、～	仕事が　終わってから、泳ぎに 行きます。	(16)
て形、て形、～	朝　ジョギングを　して、シャワーを 浴びて、会社へ　行きます。	(16)
て形　あげます	ミラーさんに　CDを　貸して あげます。	(24)
て形　もらいます	佐藤さんに　大阪城へ　連れて 行って　もらいました。	(24)
て形　くれます	山田さんが　車で　送って くれました。	(24)

3. [ない形]
ない形ないで　ください	ここで　写真を　撮らないで ください。	(17)
ない形なければ　なりません	パスポートを　見せなければ なりません。	(17)
ない形なくても　いいです	靴を　脱がなくても　いいです。	(17)

4. [辞書形]

辞書形　ことが　できます　　わたしは　ピアノを　弾く　ことが

　　　　　　　　　　　　　　　できます。　　　　　　　　　　　(18)

辞書形　ことです　　　　　　趣味は　映画を　見る　ことです。(18)

辞書形　まえに、〜　　　　　寝る　まえに、本を　読みます。(18)

辞書形と、〜　　　　　　　　右へ　曲がると、郵便局が

　　　　　　　　　　　　　　　あります。　　　　　　　　　　　(23)

5. [た形]

た形　ことが　あります　　　北海道へ　行った　ことが　あります。(19)

た形り、た形り　します　　　休みの　日は　テニスを　したり、

　　　　　　　　　　　　　　　散歩に　行ったり　します。　　　(19)

6. [普通形]

普通形と　おもいます　　　　ミラーさんは　もう　帰ったと

　　　　　　　　　　　　　　　思います。　　　　　　　　　　　(21)

　　　　　　　　　　　　　　　日本は　物価が　高いと　思います。(21)

　　　　　　　　　　　　　　　家族が　いちばん　大切だと

　　　　　　　　　　　　　　　思います。　　　　　　　　　　　(21)

普通形と　いいます　　　　　兄は　10時までに　帰ると

　　　　　　　　　　　　　　　言いました。　　　　　　　　　　(21)

動詞　　　　　　　　　　　　あしたの　パーティーに　行くでしょう？(21)

い形容詞　｝普通形｝　　　　朝の　ラッシュは　すごいでしょう？(21)

な形容詞　｝普通形｝でしょう？　パソコンは　便利でしょう？　　(21)

名詞　　　〜だ　　　　　　　彼は　アメリカ人でしょう？　　　(21)

動詞普通形　名詞　　　　　　これは　わたしが　作った　ケーキです。

　　　　　　　　　　　　　　　　　　　　　　　　　　　　　　　(22)

7. **動詞普通形**
   ふ つうけい
   い形容詞
   けいようし
   な形容詞な $\}$ とき、～
   けいようし
   名詞の
   めいし

新聞を　読む　とき、眼鏡を　かけます。(23)
しんぶん　よ　　　　　　めがね

眠い　とき、コーヒーを　飲みます。(23)
ねむ　　　　　　　　　　　の

暇な　とき、ビデオを　見ます。　　(23)
ひま　　　　　　　　　　み

雨の　とき、タクシーに　乗ります。(23)
あめ　　　　　　　　　　の

8. **普通形過去ら、～**
   ふ つうけいか こ

パソコンが　あったら、便利です。　(25)
　　　　　　　　　　　べん り

パソコンが　安かったら、買います。(25)
　　　　　　やす　　　　　か

使い方が　簡単だったら、買います。(25)
つか かた　かんたん　　　　　か

いい　天気だったら、散歩します。　(25)
　　　てん き　　　　さん ぽ

9. **動詞て形**
   どうし けい
   い形容詞
   な形容詞で $\}$ ～くて$\}$も、～
   けいよう し
   名詞で
   めいし

辞書を　見ても、意味が　わかりません。(25)
じしょ　み　　　い み

パソコンが　安くても、買いません。(25)
　　　　　　やす　　　　か

嫌いでも、食べなければ　なりません。(25)
きら　　　た

彼は　日曜日でも、働きます。　　　(25)
かれ　にちよう び　　　はたら

接続の いろいろ
せつぞく

1. ～で　　　　奈良は　静かで、きれいな　町です。　　　　　（第16課）
   　　　　　　　なら　　しず　　　　　　　　まち　　　　　　だい　か
   ～くて　　　この　パソコンは　軽くて、便利です。　　　　（16）
   　　　　　　　　　　　　　　かる　　　べんり
   ～たり　　　休みの　日は　テニスを　したり、散歩に　行ったり
   　　　　　　やす　　ひ　　　　　　　　　　　　さんぽ　　い
   　　　　　　します。　　　　　　　　　　　　　　　　　　　（19）
   ～が　　　　すみませんが、ボールペンを　貸して　ください。（14）
   　　　　　　　　　　　　　　　　　　　　　か

2. ～てから　　コンサートが　終わってから、レストランで
   　　　　　　　　　　　　　　お
   　　　　　　食事しました。　　　　　　　　　　　　　　　（16）
   　　　　　　しょくじ
   ～て、～て　朝　ジョギングを　して、シャワーを　浴びて、
   　　　　　　あさ　　　　　　　　　　　　　　　　　あ
   　　　　　　会社へ　行きます。　　　　　　　　　　　　　（16）
   　　　　　　かいしゃ　い
   ～まえに　　寝る　まえに、日記を　書きます。　　　　　　（18）
   　　　　　　ね　　　　　にっき　　か
   ～とき　　　図書館で　本を　借りる　とき、カードが　要ります。（23）
   　　　　　　としょかん　ほん　か　　　　　　　　　　　い

3. ですから　　きょうは　妻の　誕生日です。　ですから　早く
   　　　　　　　　　　　　つま　たんじょうび　　　　　　　　はや
   　　　　　　帰らなければ　なりません。　　　　　　　　　（17）
   　　　　　　かえ

4. ～けど　　　この　カレーは　辛いけど、おいしい。　　　　（20）
   　　　　　　　　　　　　　　から
   しかし　　　ダンスは　体に　いいですから、あしたから
   　　　　　　　　　　　からだ
   　　　　　　毎日　練習します。
   　　　　　　まいにち　れんしゅう
   　　　　　　…しかし　無理な　練習は　体に　よくないですよ。（19）
   　　　　　　　　　　　むり　　れんしゅう　からだ

5. ～と　　　　この　ボタンを　押すと、お釣りが　出ます。　（23）
   　　　　　　　　　　　　　　お　　　　　　　　で
   ～たら　　　雨が　降ったら、出かけません。　　　　　　　（25）
   　　　　　　あめ　ふ　　　　で

6. ～ても　　　雨が　降っても、出かけます。　　　　　　　　（25）
   　　　　　　あめ　ふ　　　　で

副詞・副詞的　表現
ふくし　ふくしてき　ひょうげん

1. ぜんぶ　　　宿題は　全部　終わりました。　　　　　　　　（第24課）

   もう　すこし　もう　少し　小さいのは　ありませんか。　　　　（14）

   もう　　　　もう　1枚　コピーを　して　ください。　　　　　（14）

2. よく　　　　ミラーさんは　よく　喫茶店へ　行きます。　　　　（22）

   また　　　　また　あした　来て　ください。　　　　　　　　（14）

   もう　いちど　もう　一度　お願いします。　　　　　　　　　（Ⅱ）

3. すぐ　　　　すぐ　レポートを　送って　ください。　　　　　（14）

   あとで　　　また　あとで　来ます。　　　　　　　　　　　　（14）

   まず　　　　まず　この　ボタンを　押して　ください。　　　（16）

   つぎに　　　次に　カードを　入れて　ください。　　　　　　（16）

   さいきん　　最近　日本は　サッカーが　強く　なりました。　（21）

4. じぶんで　　パーティーの　料理は　全部　自分で　作りました。（24）

   みんなで　　あした　みんなで　京都へ　行きます。　　　　　（20）

   ほかに　　　ほかに　だれが　手伝いに　行きますか。　　　　（24）

   ゆっくり　　ゆっくり　話して　ください。　　　　　　　　　（14）

   　　　　　　きょうは　ゆっくり　休んで　ください。　　　　（17）

   だんだん　　これから　だんだん　暑く　なります。　　　　　（19）

   まっすぐ　　まっすぐ　行って　ください。　　　　　　　　　（14）

5. なかなか　　日本では　なかなか　馬を　見る　ことが

   　　　　　　できません。　　　　　　　　　　　　　　　　　（18）

   いちども　　一度も　すしを　食べた　ことが　ありません。　（19）

ぜひ	ぜひ　北海道へ　行きたいです。	(18)
たぶん	ミラーさんは　たぶん　知らないと　思います。	(21)
きっと	あしたは　きっと　いい　天気に　なると	
	思います。	(21)
もし	もし　1億円　あったら、会社を　作りたいです。	(25)
いくら	いくら　安くても、グループ旅行が　嫌いです。	(25)
6. とくに	あの　映画で　特に　お父さんが　よかったです。	(15)
じつは	実は　ダイエットを　して　います。	(19)
ほんとうに	日本は　ほんとうに　食べ物が　高いと　思います。	(21)
もちろん	試合は　もちろん　ブラジルが　勝つと　思います。	(21)

大家的日本語 初級II

スリーエー ネットワーク

Minna no Nihongo

――附　録――

V. 動詞活用

I 類

	ます形		て形	字典形
洗います	あらい	ます	あらって	あらう
あります［おまつりが～］	あり	ます	あって	ある
歩きます［みちを～］	あるき	ます	あるいて	あるく
言います	いい	ます	いって	いう
急ぎます	いそぎ	ます	いそいで	いそぐ
要ります［ビザが～］	いり	ます	いって	いる
動きます［とけいが～］	うごき	ます	うごいて	うごく
歌います	うたい	ます	うたって	うたう
売ります	うり	ます	うって	うる
置きます	おき	ます	おいて	おく
送ります［ひとを～］	おくり	ます	おくって	おくる
押します	おし	ます	おして	おす
思います	おもい	ます	おもって	おもう
思い出します	おもいだし	ます	おもいだして	おもいだす
返します	かえし	ます	かえして	かえす
勝ちます	かち	ます	かって	かつ
かぶります［ぼうしを～］	かぶり	ます	かぶって	かぶる
聞きます［せんせいに～］	きき	ます	きいて	きく
消します	けし	ます	けして	けす
触ります［ドアに～］	さわり	ます	さわって	さわる
知ります	しり	ます	しって	しる
住みます	すみ	ます	すんで	すむ
座ります	すわり	ます	すわって	すわる
立ちます	たち	ます	たって	たつ
出します	だし	ます	だして	だす
出します［レポートを～］	だし	ます	だして	だす
使います	つかい	ます	つかって	つかう
着きます［えきに～］	つき	ます	ついて	つく
作ります、造ります	つくり	ます	つくって	つくる
連れて 行きます	つれて いき	ます	つれて いって	つれて いく

ない形		た形	意 思	課
あらわ	ない	あらった	洗	18
―	ない	あった	舉行	21
あるか	ない	あるいた	走〔路〕	23
いわ	ない	いった	說	21
いそが	ない	いそいだ	趕快，緊急	14
いら	ない	いった	要，需要	20
うごか	ない	うごいた	〔鐘錶〕轉動	23
うたわ	ない	うたった	唱	18
うら	ない	うった	賣，銷售	15
おか	ない	おいた	放置，擺置	15
おくら	ない	おくった	送〔人〕	24
おさ	ない	おした	推，按	16
おもわ	ない	おもった	認爲，覺得	21
おもいださ	ない	おもいだした	想起來	15
かえさ	ない	かえした	歸還，還	17
かた	ない	かった	贏，得勝	21
かぶら	ない	かぶった	戴〔帽子等〕	22
きか	ない	きいた	問〔老師〕	23
けさ	ない	けした	關掉（電燈、冷氣等）	14
さわら	ない	さわった	摸，碰觸〔門〕	23
しら	ない	しった	得知	15
すま	ない	すんだ	居住	15
すわら	ない	すわった	坐	15
たた	ない	たった	站，立	15
ださ	ない	だした	拿出，取出	16
ださ	ない	だした	提出〔報告〕	17
つかわ	ない	つかった	使用，用	15
つか	ない	ついた	到達，抵達〔車站〕	25
つくら	ない	つくった	做，製造	15
つれて いか	ない	つれて いった	帶（某人）去	24

	ます形		て形	字典形
手伝います	てつだい	ます	てつだって	てつだう
泊まります［ホテルに～］	とまり	ます	とまって	とまる
取ります	とり	ます	とって	とる
取ります［としを～］	とり	ます	とって	とる
直します	なおし	ます	なおして	なおす
なくします	なくし	ます	なくして	なくす
なります	なり	ます	なって	なる
脱ぎます	ぬぎ	ます	ぬいで	ぬぐ
登ります［やまに～］	のぼり	ます	のぼって	のぼる
飲みます［くすりを～］	のみ	ます	のんで	のむ
乗ります［でんしゃに～］	のり	ます	のって	のる
入ります［だいがくに～］	はいり	ます	はいって	はいる
入ります［おふろに～］	はいり	ます	はいって	はいる
はきます［くつを～］	はき	ます	はいて	はく
話します	はなし	ます	はなして	はなす
払います	はらい	ます	はらって	はらう
弾きます	ひき	ます	ひいて	ひく
引きます	ひき	ます	ひいて	ひく
降ります［あめが～］	ふり	ます	ふって	ふる
曲がります［みぎへ～］	まがり	ます	まがって	まがる
待ちます	まち	ます	まって	まつ
回します	まわし	ます	まわして	まわす
持ちます	もち	ます	もって	もつ
持って 行きます	もって いき	ます	もって いって	もって いく
役に 立ちます	やくに たち	ます	やくに たって	やくに たつ
呼びます	よび	ます	よんで	よぶ
渡ります［はしを～］	わたり	ます	わたって	わたる

ない形		た形	意　思	課
てつだわ	ない	てつだった	幫忙，幫助	14
とまら	ない	とまった	住〔在飯店〕	19
とら	ない	とった	拿，持	14
とら	ない	とった	上〔年紀〕	25
なおさ	ない	なおした	修理，改正	20
なくさ	ない	なくした	遺失，丟失	17
なら	ない	なった	成為	19
ぬが	ない	ぬいだ	脫〔衣服、鞋子〕	17
のぼら	ない	のぼった	登，爬〔山〕	19
のま	ない	のんだ	吃〔藥〕，服〔藥〕	17
のら	ない	のった	搭乘〔電車〕	16
はいら	ない	はいった	進入，上〔大學〕	16
はいら	ない	はいった	洗澡	17
はか	ない	はいた	穿〔鞋、褲子〕	22
はなさ	ない	はなした	講，說	14
はらわ	ない	はらった	支付，付款	17
ひか	ない	ひいた	彈（鋼琴等）	18
ひか	ない	ひいた	拉	23
ふら	ない	ふった	下〔雨〕	14
まがら	ない	まがった	轉向〔右邊〕	14
また	ない	まった	等待	14
まわさ	ない	まわした	轉動	23
もた	ない	もった	持有，攜帶	14
もって いか	ない	もって いった	帶（某物）去	17
やくに たた	ない	やくに たった	有用，起作用	21
よば	ない	よんだ	呼叫，呼喚	14
わたら	ない	わたった	過〔橋〕	23

II類

	ます形		て形	字典形
開けます	あけ	ます	あけて	あける
集めます	あつめ	ます	あつめて	あつめる
浴びます [シャワーを～]	あび	ます	あびて	あびる
入れます	いれ	ます	いれて	いれる
いれます [コーヒーを～]	いれ	ます	いれて	いれる
生まれます	うまれ	ます	うまれて	うまれる
教えます [じゅうしょを～]	おしえ	ます	おしえて	おしえる
覚えます	おぼえ	ます	おぼえて	おぼえる
降ります [でんしゃを～]	おり	ます	おりて	おりる
換えます	かえ	ます	かえて	かえる
変えます	かえ	ます	かえて	かえる
かけます [めがねを～]	かけ	ます	かけて	かける
考えます	かんがえ	ます	かんがえて	かんがえる
気を つけます [くるまに～]	きを つけ	ます	きを つけて	きを つける
着ます [シャツを～]	き	ます	きて	きる
くれます	くれ	ます	くれて	くれる
閉めます	しめ	ます	しめて	しめる
調べます	しらべ	ます	しらべて	しらべる
捨てます	すて	ます	すてて	すてる
足ります	たり	ます	たりて	たりる
つけます	つけ	ます	つけて	つける
出かけます	でかけ	ます	でかけて	でかける
できます	でき	ます	できて	できる
出ます [だいがくを～]	で	ます	でて	でる
出ます [おつりが～]	で	ます	でて	でる
止めます	とめ	ます	とめて	とめる
乗り換えます	のりかえ	ます	のりかえて	のりかえる
始めます	はじめ	ます	はじめて	はじめる
負けます	まけ	ます	まけて	まける
見せます	みせ	ます	みせて	みせる
やめます [かいしゃを～]	やめ	ます	やめて	やめる
忘れます	わすれ	ます	わすれて	わすれる

ない形		た形	意　思	課
あけ	ない	あけた	打開（門、蓋子等）	14
あつめ	ない	あつめた	收集	18
あび	ない	あびた	沖〔淋浴〕	16
いれ	ない	いれた	放入，放進	16
いれ	ない	いれた	沖，泡〔咖啡〕	24
うまれ	ない	うまれた	出生	22
おしえ	ない	おしえた	告訴〔地址〕	14
おぼえ	ない	おぼえた	記住	17
おり	ない	おりた	下〔電車〕	16
かえ	ない	かえた	交換，變換	18
かえ	ない	かえた	改變，換	23
かけ	ない	かけた	戴〔眼鏡〕	22
かんがえ	ない	かんがえた	思考，想	25
きを つけ	ない	きを つけた	注意〔車輛〕，小心〔車輛〕	23
き	ない	きた	穿〔襯衫等〕	22
くれ	ない	くれた	給〔我〕	24
しめ	ない	しめた	關閉（門、窗等）	14
しらべ	ない	しらべた	調査	20
すて	ない	すてた	丟掉，捨棄	18
たり	ない	たりた	足夠	21
つけ	ない	つけた	打開（電燈、冷氣等）	14
でかけ	ない	でかけた	出門，外出	17
でき	ない	できた	會，能夠，可以	18
で	ない	でた	出，〔大學〕畢業	16
で	ない	でた	〔零錢〕出來	23
とめ	ない	とめた	停止，停車	14
のりかえ	ない	のりかえた	換車	16
はじめ	ない	はじめた	開始	14
まけ	ない	まけた	輸，落敗	21
みせ	ない	みせた	出示，讓人看	14
やめ	ない	やめた	停止，放棄，辭（職）	16
わすれ	ない	わすれた	忘記	17

III 類

	ます形		て形	字典形
案内します	あんないし	ます	あんないして	あんないする
運転します	うんてんし	ます	うんてんして	うんてんする
見学します	けんがくし	ます	けんがくして	けんがくする
研究します	けんきゅうし	ます	けんきゅうして	けんきゅうする
コピーします	コピーし	ます	コピーして	コピーする
残業します	ざんぎょうし	ます	ざんぎょうして	ざんぎょうする
修理します	しゅうりし	ます	しゅうりして	しゅうりする
出張します	しゅっちょうし	ます	しゅっちょうして	しゅっちょうする
紹介します	しょうかいし	ます	しょうかいして	しょうかいする
心配します	しんぱいし	ます	しんぱいして	しんぱいする
説明します	せつめいし	ます	せつめいして	せつめいする
洗濯します	せんたくし	ます	せんたくして	せんたくする
掃除します	そうじし	ます	そうじして	そうじする
連れて 来ます	つれて き	ます	つれて きて	つれて くる
電話します	でんわし	ます	でんわして	でんわする
引っ越しします	ひっこしし	ます	ひっこしして	ひっこしする
持って 来ます	もって き	ます	もって きて	もって くる
予約します	よやくし	ます	よやくして	よやくする
留学します	りゅうがくし	ます	りゅうがくして	りゅうがくする
練習します	れんしゅうし	ます	れんしゅうして	れんしゅうする

ない形		た形	意 思	課
あんないし	ない	あんないした	帶路，引路	24
うんてんし	ない	うんてんした	駕駛	18
けんがくし	ない	けんがくした	參觀，見習	18
けんきゅうし	ない	けんきゅうした	研究	15
コピーし	ない	コピーした	影印	14
ざんぎょうし	ない	ざんぎょうした	加班	17
しゅうりし	ない	しゅうりした	修理	20
しゅっちょうし	ない	しゅっちょうした	出差	17
しょうかいし	ない	しょうかいした	介紹	24
しんぱいし	ない	しんぱいした	擔心	17
せつめいし	ない	せつめいした	說明	24
せんたくし	ない	せんたくした	洗衣服	19
そうじし	ない	そうじした	打掃	19
つれて こ	ない	つれて きた	帶（某人）來	24
でんわし	ない	でんわした	打電話	20
ひっこしし	ない	ひっこしした	搬家	23
もって こ	ない	もって きた	帶（某物）來	17
よやくし	ない	よやくした	預約	18
りゅうがくし	ない	りゅうがくした	留學	25
れんしゅう し	ない	れんしゅうした	練習	19

日・中・英對照國名

日文國名	中文國名	英文國名
1. アイスランド	冰島	Iceland
2. アイルランド	愛爾蘭	Ireland
3. アゼルバイジャン	亞塞拜然	Azerbaijan
4. アフガニスタン	阿富汗	Afghanistan
5. アメリカ合衆国	美國	United States of America
6. アラブ首長国連邦	阿拉伯聯合大公國	United Arab Emirates
7. アルジェリア	阿爾及利亞	Algeria
8. アルゼンチン	阿根廷	Argentina
9. アルバニア	阿爾巴尼亞	Albania
10. アルメニア	亞美尼亞	Armenia
11. アンゴラ	安哥拉	Angola
12. アンティグア・バーブーダ	安地卡及巴布達	Antigua and Barbuda
13. アンドラ	安道爾	Andra
14. イエメン	葉門	Yemen
15. イギリス	英國	United Kingdom
16. イスラエル	以色列	Israel
17. イタリア	義大利	Italy
18. イラク	伊拉克	Iraq
19. イラン	伊朗	Iran
20. インド	印度	India
21. インドネシア	印度尼西亞	Indonesia
22. ウガンダ	烏干達	Uganda
23. ウクライナ	烏克蘭	Ukraine
24. ウズベキスタン	烏茲別克	Uzbekistan
25. ウルグアイ	烏拉圭	Uruguay
26. エクアドル	厄瓜多	Ecuador
27. エジプト	埃及	Egypt
28. エストニア	愛沙尼亞	Estonia

日文國名	中文國名	英文國名
29. エチオピア	衣索比亞	Ethiopia
30. エリトリア	厄利垂亞	Eritrea
31. エルサルバドル	薩爾瓦多	El Salvador
32. オーストラリア	澳大利亞	Australia
33. オーストリア	奧地利	Austria
34. オマーン	阿曼	Oman
35. オランダ	荷蘭	Netherlands
36. ガーナ	迦納	Ghana
37. カーボヴェルデ	維德角	Cape Verde
38. ガイアナ	蓋亞那	Guyana
39. カザフスタン	哈薩克	Kazakhstan
40. カタール	卡達	Qatar
41. カナダ	加拿大	Canada
42. ガボン	加彭	Gabon
43. カメルーン	喀麥隆	Cameroon
44. 韓国	大韓民國	Republic of Korea
45. ガンビア	甘比亞	Gambia
46. カンボジア	柬埔塞	Cambodia
47. 北朝鮮	北韓	Democratic People's Republic of korea
48. ギニア	幾內亞	Guinea
49. ギニアビサウ	幾內亞比索	Guinea-Bissau
50. キプロス	賽普勒斯	Cyprus
51. キューバ	古巴	Cuba
52. ギリシャ	希臘	Greece
53. キリバス	吉里巴斯	Kiribati
54. キルギスタン	吉爾吉斯	Kyrgyz
55. グアテマラ	瓜地馬拉	Guatemala
56. クウェート	科威特	Kuwait

日文國名	中文國名	英文國名
57. グルジア	喬治亞	Georgia
58. グレナダ	格瑞那達	Grenada
59. クロアチア	克羅埃西亞	Croatia
60. ケニア	肯亞	Kenya
61. コートジボワール	象牙海岸	Cote d'Ivoire
62. コスタリカ	哥斯大黎加	Costa Rica
63. コモロ	葛摩	Comoros
64. コロンビア	哥倫比亞	Colombia
65. コンゴ共和国	剛果	Republic of the Congo
66. コンゴ民主共和国	薩伊	Democratic Republic of the Congo
67. サウジアラビア	沙烏地阿拉伯	Saudi Arabia
68. サモア	薩摩亞	Samoa
69. サントメ・プリンシペ	聖多美普林西比	San Tome and Principe
70. ザンビア	尚比亞	Zambia
71. サンマリノ	聖馬利諾	San Marino
72. シエラレオネ	獅子山國	Sierra Leone
73. ジブチ	吉布地	Djibouti
74. ジャマイカ	牙買加	Jamaica
75. シリア	敘利亞	Syria
76. シンガポール	新加坡	Singapore
77. ジンバブエ	辛巴威	Zimbabwe
78. スイス	瑞士	Switzerland
79. スウェーデン	瑞典	Sweden
80. スーダン	蘇丹	Sudan
81. スペイン	西班牙	Spain
82. スリナム	蘇利南	Suriname
83. スリランカ	斯里蘭卡	Sri Lanka
84. スロバキア	斯洛伐克	Slovakia

日文國名	中文國名	英文國名
85. スロベニア	斯洛維尼亞	Slovenia
86. スワジランド	史瓦濟蘭	Swaziland
87. セーシェル	塞席爾	Seychelles
88. 赤道ギニア	赤道幾內亞	Equatorial Guinea
89. セネガル	塞內加爾	Senegal
90. セルビア・モンテネグロ	塞爾維亞・蒙特內哥羅	Serbia and Montenegro
91. セントクリストファー・ネイビス	聖克里斯多福及尼維斯	Saint Christopher and Nevis
92. セントビンセント・グレナディーン	聖文森及格瑞那丁	Saint Vincent and the Grenadines
93. セントルシア	聖露西亞	Saint Lucia
94. ソマリア	索馬利亞	Somalia
95. ソロモン諸島	索羅門群島	Solomon Islands
96. タイ	泰國	Thailand
97. 台湾	台灣	Taiwan
98. タジキスタン	塔吉克	Tajikistan
99. タンザニア	坦尚尼亞	Tanzania
100. チェコ	捷克	Czech
101. チャド	查德	Chad
102. 中央アフリカ	中非	Central African
103. 中国	中國	China
104. チュニジア	突尼西亞	Tunisia
105. チリ	智利	Chile
106. ツバル	吐瓦魯	Tuvalu
107. デンマーク	丹麥	Denmark
108. ドイツ	德國	Germany
109. トーゴ	多哥	Togo
110. ドミニカ共和国	多明尼加共和國	Dominican Republic

日文國名	中文國名	英文國名
111. ドミニカ国	多米尼克	Dominica
112. トリニダード・トバゴ	千里達及托巴哥	Trinidad and Tobago
113. トルクメニスタン	土庫曼	Turkmenistan
114. トルコ	土耳其	Turkey
115. トンガ	東加	Tonga
116. ナイジェリア	奈及利亞	Nigeria
117. ナウル	諾魯	Nauru
118. ナミビア	納米比亞	Namibia
119. ニカラグア	尼加拉瓜	Nicaragua
120. ニジェール	尼日	Niger
121. ニュージーランド	紐西蘭	New Zealand
122. ネパール	尼泊爾	Nepal
123. ノルウェー	挪威	Norway
124. バーレーン	巴林	Bahrain
125. ハイチ	海地	Haiti
126. パキスタン	巴基斯坦	Pakistan
127. バチカン	教廷	Vatican
128. パナマ	巴拿馬	Panama
129. バヌアツ	萬那杜	Vanuatu
130. バハマ	巴哈馬	Bahamas
131. パプアニューギニア	巴布亞紐幾內亞	Papua New Guinea
132. パラグアイ	巴拉圭	Paraguay
133. パラオ	帛琉	Palau
134. バルバドス	巴貝多	Barbados
135. ハンガリー	匈牙利	Hungary
136. バングラデシュ	孟加拉	Bangladesh
137. フィジー	斐濟	Fiji
138. 東ティモール	東帝汶	Timor-Leste

日文國名	中文國名	英文國名
139. フィリピン	菲律賓	Philippines
140. フィンランド	芬蘭	Finland
141. ブータン	不丹	Bhutan
142. ブラジル	巴西	Brazil
143. フランス	法國	France
144. ブルガリア	保加利亞	Bulgaria
145. ブルキナファソ	布吉納法索	Burkina Faso
146. ブルネイ	汶萊	Brunei
147. ブルンジ	蒲隆地	Burundi
148. ベトナム	越南	Vietnam
149. ベナン	貝南	Benin
150. ベネズエラ	委內瑞拉	Venezuela
151. ベラルーシ	白俄羅斯	Belarus
152. ベリーズ	貝里斯	Belize
153. ペルー	秘魯	Peru
154. ベルギー	比利時	Belgium
155. ポーランド	波蘭	Poland
156. ボスニア・ヘルツェゴビナ	波士尼亞赫塞哥維納	Bosnia and Herzegovina
157. ボツワナ	波札那	Botswana
158. ボリビア	玻利維亞	Bolivia
159. ポルトガル	葡萄牙	Portugal
160. ホンジュラス	宏都拉斯	Honduras
161. マーシャル諸島	馬紹爾群島	Marshall Islands
162. マケドニア	馬其頓	Macedonia
163. マダガスカル	馬達加斯加	Madagascar
164. マラウイ	馬拉威	Malawi
165. マリ	馬利	Mali
166. マルタ	馬爾他	Malta

日文國名	中文國名	英文國名
167. マレーシア	馬來西亞	Malaysia
168. ミクロネシア	密克羅尼西亞	Micronesia
169. 南アフリカ	南非	South Africa
170. ミャンマー	緬甸	Myanmar
171. メキシコ	墨西哥	Mexico
172. モーリシャス	模里西斯	Mauritius
173. モーリタニア	茅利塔尼亞	Mauritania
174. モザンビーク	莫三比克	Mozambique
175. モナコ	摩納哥	Monaco
176. モルジブ	馬爾地夫	Maldives
177. モルドバ	摩爾多瓦	Moldova
178. モロッコ	摩洛哥	Morocco
179. モンゴル	蒙古	Mongolia
180. ヨルダン	約旦	Jordan
181. ラオス	寮國	Laos
182. ラトビア	拉脫維亞	Latvia
183. リトアニア	立陶宛	Lithuania
184. リビア	利比亞	Libya
185. リヒテンシュタイン	列支敦斯登	Liechtenstein
186. リベリア	賴比瑞亞	Liberia
187. ルーマニア	羅馬尼亞	Romania
188. ルクセンブルク	盧森堡	Luxembourg
189. ルワンダ	盧安達	Rwanda
190. レソト	賴索托	Lesotho
191. レバノン	黎巴嫩	Lebanon
192. ロシア	俄羅斯	Russia
	（舊蘇聯解體後獨立）	

索引
さく いん

169

170

172

執筆協力

田中よね

牧野昭子

重川明美

御子神慶子

古賀千世子

石井千尋

イラストレーション
田辺澄美

新式樣裝訂專利 請勿仿冒
專利號碼　M 249906 號

本書嚴禁在台灣、香港、澳門地區以外販售使用。
本書の台湾・香港・マカオ地区以外での販売及び使用を厳重に禁止します。

本書原名―「みんなの日本語　初級 I 」

大家的日本語　初級 II　　　　　　　　　　　　（附聽解問題 CD ）

1999 年（民 88 ）3 月 15 日 第 1 版 第 1 刷 發行
2013 年（民 102 ）7 月 15 日 第 3 版 第 25 刷 發行

定價　新台幣 300 元整

編著者　スリーエーネットワーク
授　權　スリーエーネットワーク
發行人　林　寶
發行所　大新書局
地　址　台北市大安區(106)瑞安街256巷16號
電　話　(02)2707-3232・2707-3838・2755-2468
傳　真　(02)2701-1633・郵政劃撥：00173901
登記證　行政院新聞局局版台業字第0869號

香港地區　香港聯合書刊物流有限公司
地　址　香港新界大埔汀麗路 36 號 中華商務印刷大廈 3 字樓
電　話　(852)2150-2100
傳　真　(852)2810-4201

Copyright © 1998 by ● 株式会社 スリーエーネットワーク 3A Corporation (Tokyo, Japan)
「大家的日本語　初級 II 」由 ● 株式会社 スリーエーネットワーク 3A Corporation 授權在台灣、香港、澳門地區印行銷售。
任何盜印版本，即屬違法。版權所有，翻印必究。　ISBN 978-957-8279-07-0 (B811)

聽寫問題「有聲CD」使用方法

　　本套教材系列的每一課最後都有一個「問題」單元，這個單元的前半部分，是有  及  記號的「聽寫問題」。本書附帶的有聲CD中，錄有回答此「聽寫問題」的題目。

　　練習聽寫時，不需要太在意每一個詞彙或音意是否聽得懂，由整體的角度來正確掌握意思將更有益。只要能夠適當地使用此有聲CD音聲教材，聽力的精進自是指日可待。

　　此外，本書附帶有聲CD的內容僅限於「聽寫問題」，學習者一定要善加利用。對於沒有放有聲CD設備的使用者，可以利用郵局劃撥：00173901「大新書局」帳戶，另外郵購「問題」錄音卡帶1卷，售價NT：120元。

　　初級Ⅰ、初級Ⅱ、進階Ⅰ、進階Ⅱ、解答的部分有Ⅰ～Ⅲ等3種回答模式，在實際使用有聲CD聽寫作答之前，請務必參考下列練習：

聽寫問題說明

Ⅰ. 聽寫問題：每題聽完後請按暫停鍵，將聽到的內容書寫在劃線上。

　　1. 例： いいえ、[わたしは] 先生じゃ ありません。
　　　1) いいえ、サントスじゃ ありません。
　　　2) マイク・ミラー です。

Ⅱ. 選擇題：請從①～③圖之中，選出和問題相符的圖。

　　2. 例：　① 　② 　③

Ⅲ. 是非題：問題和會話的內容相符時在（　）中畫"○"不符時則畫"×"。

　　3. 例1：（×）　例2：（○）
　　　1)（　）　2)（　）　3)（　）

　　其他如每一冊的 1.單字、2.句型、3.例句、4.會話、5.練習A、6.練習B、7.練習C的「有聲CD」或「錄音卡帶」，學習者可依設備自行選擇購買。

　　初級Ⅰ音聲教材「有聲CD四片NT：800元」或「錄音卡帶四卷NT：560元」任選。
　　初級Ⅱ音聲教材「有聲CD四片NT：800元」或「錄音卡帶四卷NT：560元」任選。
　　進階Ⅰ音聲教材「有聲CD四片NT：800元」或「錄音卡帶四卷NT：560元」任選。
　　進階Ⅱ音聲教材「有聲CD四片NT：800元」或「錄音卡帶四卷NT：560元」任選。